PHYSIOLOGIE DES MENSCHEN

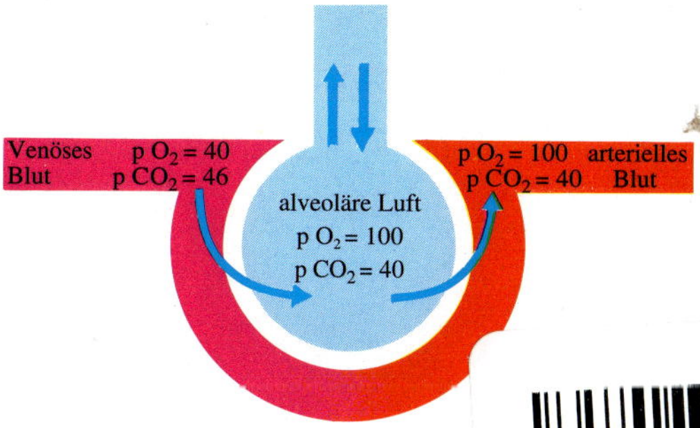

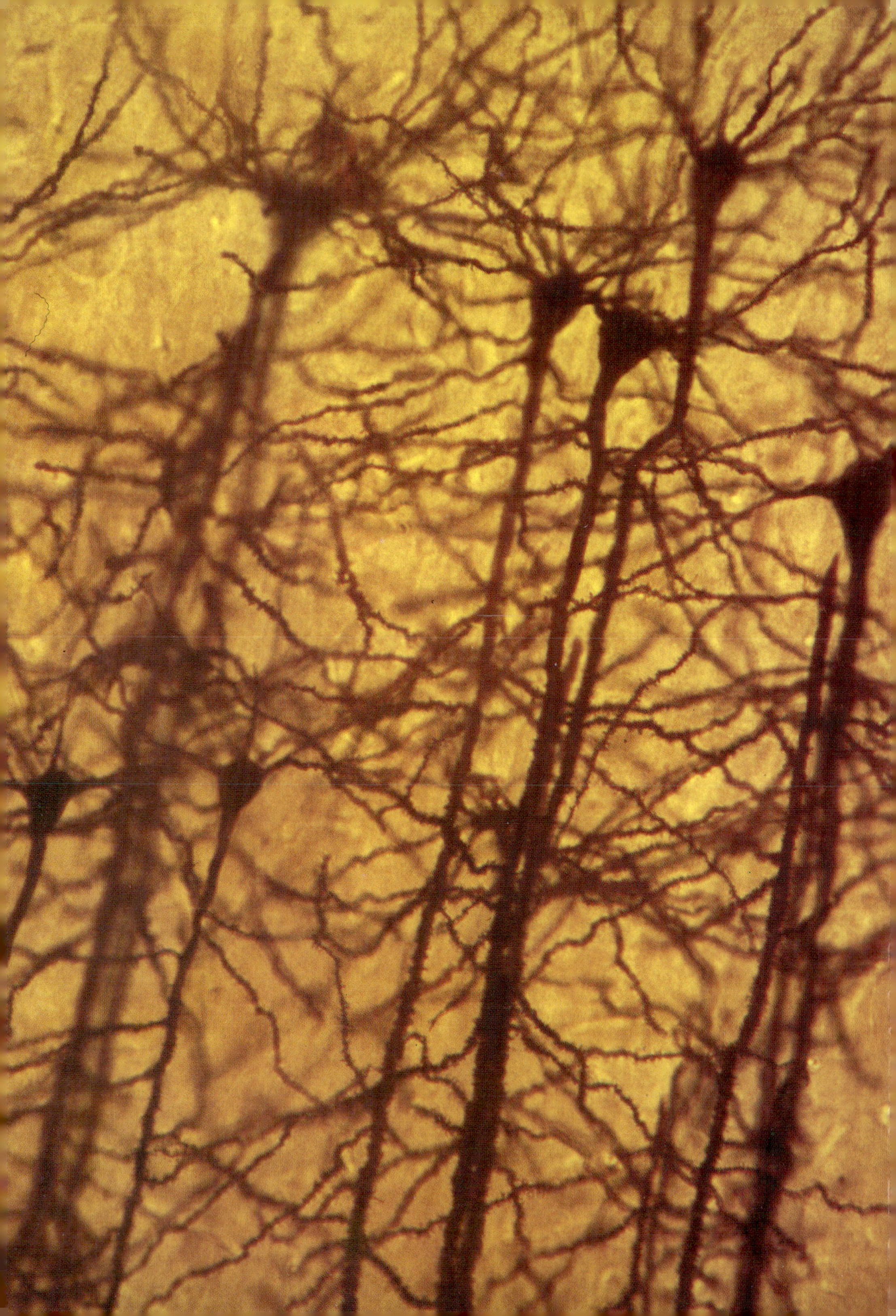

WISSEN HEUTE AUF EINEN BLICK

PHYSIOLOGIE

DES MENSCHEN

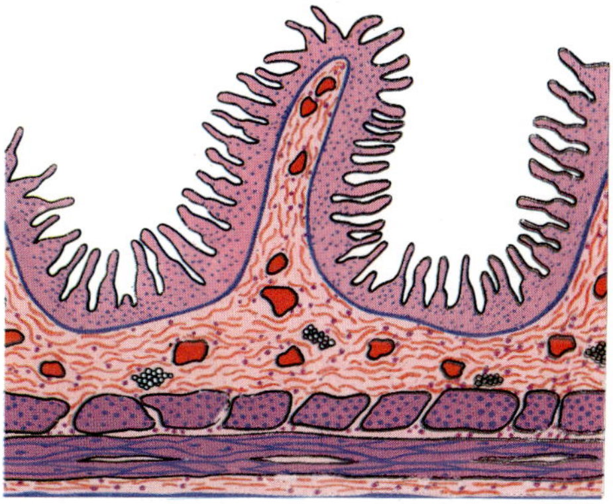

VERLEGT BEI

KAISER

Arsenio Fraile Ovejero
Marcello Negri
Grafik und technische Abstimmung Paolo Bulletti und Partner
Einzig berechtigte Übertragung aus dem Italienischen: Michaela Brammer

Foto auf Seite 2: Mikroskopische Aufnahme von Pyramidenzellen, die der fünften Hirnrindenschicht angehören, dargestellt durch die Silberimprägnationsmethode nach Golgi

Deutsche Erstausgabe

Satz: Context OEG, St. Veit/Glan
Gesamtherstellung: Giunti Industrie Grafiche S.p.A., Prato

INHALTSVERZEICHNIS

Die Organe und der Organismus

Einführung in die Physiologie

Die lebende Materie besteht aus kleinsten Einheiten – den Zellen – die durch Differenzierung aus einer gemeinsamen Stammzelle hervorgehen (→1). Jede Zelle hat eine bestimmte Aufgabe. So nimmt z. B. die Nervenzelle Informationen aus dem Umfeld auf, leitet sie weiter und kümmert sich nicht um Verdauung, Fortpflanzung oder Infektionsabwehr. Viele Zellen mit derselben Funktion bilden ein Organ. Jedes Organ hat eine bestimmte Aufgabe zu erfüllen. Alle zusammen ermöglichen das Überleben eines Organismus. Wenn man ein höheres Lebewesen im Gesamten betrachtet, ist es leicht verständlich, daß dieses über eine Haut verfügen muß, die verhindert, daß Umwelteinflüsse die physikalisch-chemischen Eigenschaften seines Inneren verändern. Andererseits ist es lebensnotwendig, bestimmte Stoffe aufzunehmen und Stoffwechselendprodukte auszuscheiden. Dies zwingt ein Lebewesen, mit seiner Umwelt in Verbindung zu treten.

Der Kontakt zur Außenwelt ist für den Organismus auch wichtig, um Nutzen und Risiko von Umwelteinflüssen abschätzen zu können. Es existiert daher eine Art Kompromiß zwischen der Notwendigkeit, sich zu schützen und jener, mit der Umwelt in Verbindung zu stehen. Die Aufnahme und Ausscheidung von Substanzen wird durch Öffnungen, die den Kontakt zur Umwelt herstellen, ermöglicht. Eine schematische Darstellung der funktionellen Gliederung eines höheren Lebewesens findet man in → 2. Im Schema unten sieht man eine beliebige Zelle des Organismus. Diese wird von einem zarten Flüssigkeitssaum, der Gewebsflüssigkeit, umgeben. Der Zellstoffwechsel muß rasch ablaufen, damit das Leben erhalten bleibt. Dieser Funktion dient das Blut, das vom Herzen ausgeworfen wird und in einem System von undurchlässigen Gefäßen (Arterien und Venen), die sich dann verzweigen und durchlässig werden (Kapillare), zirkuliert. Dies wird im Schema durch zwei getrennte Systeme dargestellt.

Die Aufnahme von Substanzen erfolgt über den Atmungs- und Verdauungsapparat. Über den ersten gelangt die Luft in die Lungenbläschen, wo das Blut Sauerstoff aufnimmt. Mit dem Blut gelangt der Sauerstoff in alle Gewebe. Feste und flüssige Stoffe werden über den Verdauungsapparat aufgenommen, gelangen von dort über die Darmzotten ins Blut und mit diesem zu den Zellen. Ein Organ dieses Kreislaufes, die Leber, wirkt als Filter, »Werkstätte und Vorratskammer«. Die gasförmigen Ausscheidungsprodukte (CO_2) werden über die Lunge eliminiert, die wasserlöslichen über die Niere und die Verdauungsrückstände als Kot über den Darm.

Funktionelle Gliederung

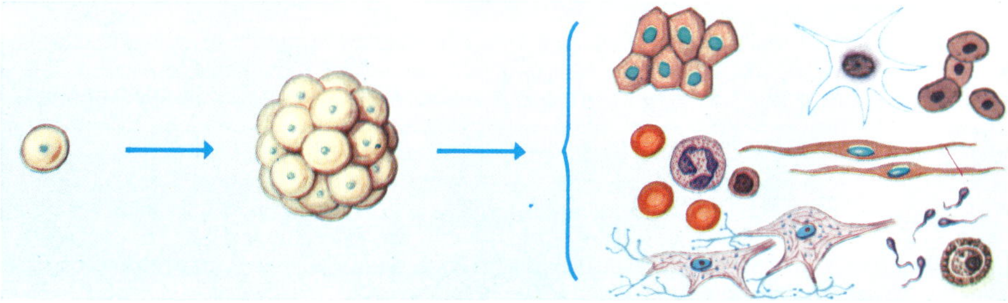

1. Zelldifferenzierung

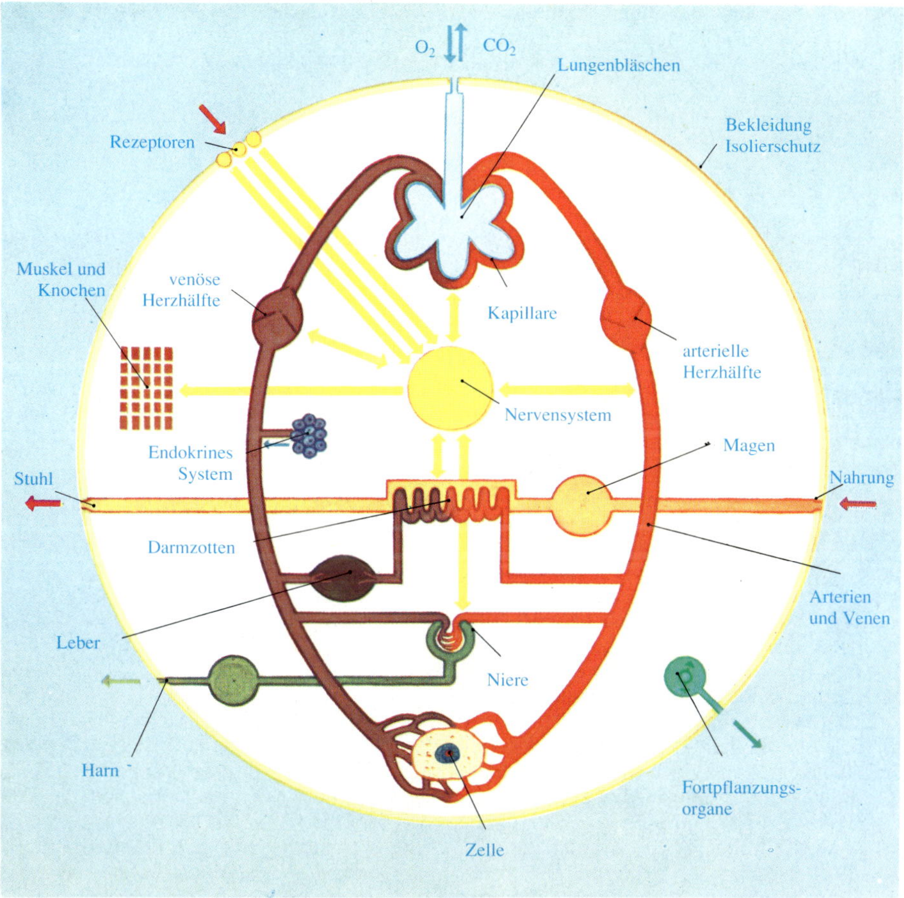

2. Funktionelle Gliederung eines höheren Lebewesens

Der Blutkreislauf

Die hauptsächliche Funktion des Kreislaufsystems besteht darin, alle Zellen des Organismus mit Nahrung zu versorgen und sie von Ausscheidungsprodukten, die im zellulären Stoffwechsel anfallen, zu befreien. Das Blut ist dazu am besten geeignet.
Die Blutgefäße bilden das Verteilungsnetz, während das Herz die Energie liefert, die nötig ist, um das Blut in den gesamten Organismus zu pumpen. Durch das Kreislaufsystem gelangen sowohl die Hormone als auch andere Stoffe zu den Zellen, die deren Aktivität regulieren. Dank der Blutzirkulation gleichen sich die physikalischen und chemischen Zustände der einzelnen Körperteile aus. So ist z. B. die Körpertemperatur praktisch konstant, obwohl die Wärmeproduktion nicht in allen Geweben gleich ist. Die Verteilung der verschiedenen Stoffe an die Organe muß sich daher nach den Erfordernissen richten. Das ist deshalb möglich, weil sich die Herzaktivität verändern kann und das Blut hauptsächlich in jene Organe gepumpt wird, die die größte Arbeit verrichten. Der Motor des Blutkreislaufes ist das Herz, das wie eine Saug- und Druckpumpe funktioniert. Es besteht hauptsächlich aus Muskelgewebe, welches Phasen der Kontraktion (Systole) und Erschlaffung (Diastole) aufweist. Der Impuls zur Kontraktion kommt von einer spezifischen Struktur im Herzmuskel (nähere Details siehe Seite 15).
Durch die Kontraktion und Erschlaffung des Herzens tritt das Blut in Wechselphasen und mit erhöhtem Druck aus. Über ein Gefäßnetz, die Arterien, gelangt es zu den Organen. Mit größerer Entfernung vom Herzen nimmt der Durchmesser der Arterien ab, bis sie sich in den arteriellen Kapillaren erschöpfen. Diese setzen sich als venöse Kapillaren fort, als Ursprung für die Venen. Die Arterienwände sind widerstandsfähig, kontraktil und elastisch, da sie dem hohen Blutdruck standhalten und intermittierende Arbeit des Herzens in einen kontinuierlichen Fluß umwandeln müssen. Diese Fähigkeit verdanken sie den zahlreichen elastischen Fasern und der hohen Spannung der glatten Muskulatur, aus der sie bestehen. Die vom Herzen abgehenden großen Arterien, die mit jeder Herzkontraktion eine große Blutmenge erhalten, bestehen hauptsächlich aus elastischem Gewebe. Durch die Gefäßkontraktionen werden die Durchmesser derart verändert, daß der Blutfluß in den verschiedenen Organen direkt reguliert werden kann. Die Wand der Blutkapillaren besteht aus einer einzigen Endothelzellschicht, wodurch der Stoffaustausch leicht stattfinden kann. Die Venen (→ 4) besitzen weniger elastische und muskuläre Fasern als die Arterien. Während die Arterien, wenn man sie durchschneidet, offen bleiben, erschlaffen die Venen leichter. Außerdem ist die Venenwand mit Klappen ausgestattet, die ein Zurückfließen des Blutes verhindern.

Das Blut

Man unterscheidet hellrotes (arterielles) und dunkelrotes (venöses) Blut. Bei Austritt aus dem Gefäßsystem wandelt es sich sofort in eine halbfeste Substanz um. Diese besteht aus verschiedenen Körperchen (rote, weiße Blutkörperchen und Blutplättchen), die in einem dichten Fasernetz (Fibrin) eingelagert sind, das sich aus einer durchsichtigen gelblichen Flüssigkeit absondert: dem Serum, das im Gegensatz zum Plasma kein Fibrinogen (Vorläufer des Fibrins) enthält. Wenden wir uns nun den Blutbestandteilen zu.

Erythrozyten (rote Blutkörperchen) sind sehr kleine (7,5 μ im Durchmesser), bikonkave kernlose Scheiben. Zum Zeitpunkt ihrer Entstehung, die hauptsächlich im roten Knochenmark stattfindet, besitzen sie jedoch einen Kern. Nach der Geburt des Menschen entwickeln sie sich aus undifferenzierten Zellen, den Erythroblasten, die sich über verschiedene Reifestadien in orthochromatische Erythroblasten (ihr Zytoplasma enthält hauptsächlich Hämoglobin), Retikulozyten und Erythrozyten umwandeln. Vor der Geburt können sie auch in Leber und Milz gebildet werden. Durch ihre Kernlosigkeit sind sie flacher und verbrauchen vor allem viel weniger Sauerstoff. Das ist deshalb wichtig, weil gerade sie die Aufgabe des

Das Blutgefäßsystem

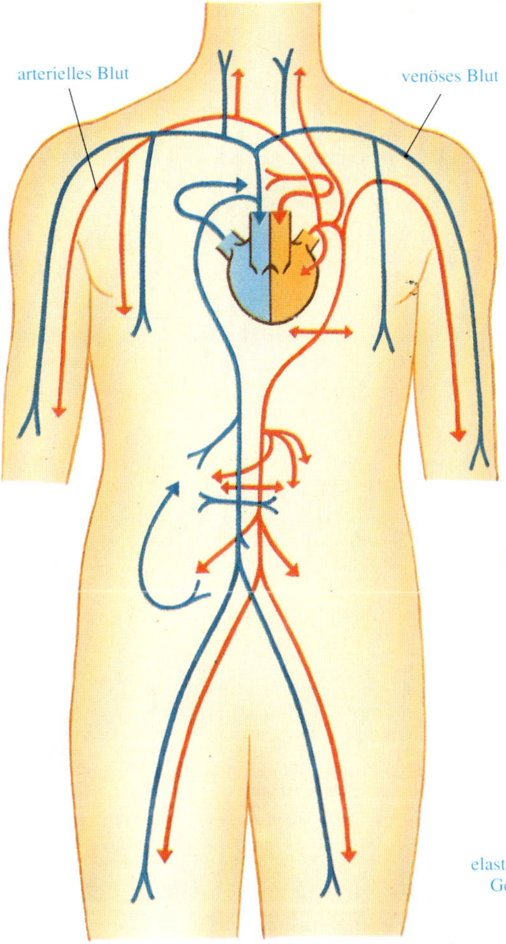

1. Schema des Blutkreislaufs

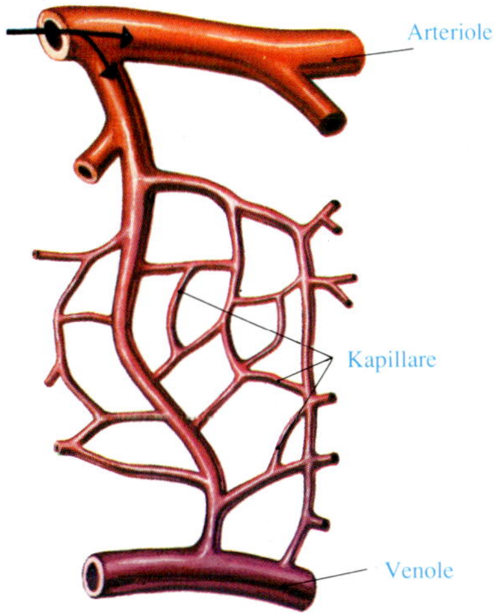

2. Kapillarnetz der Blutgefäße

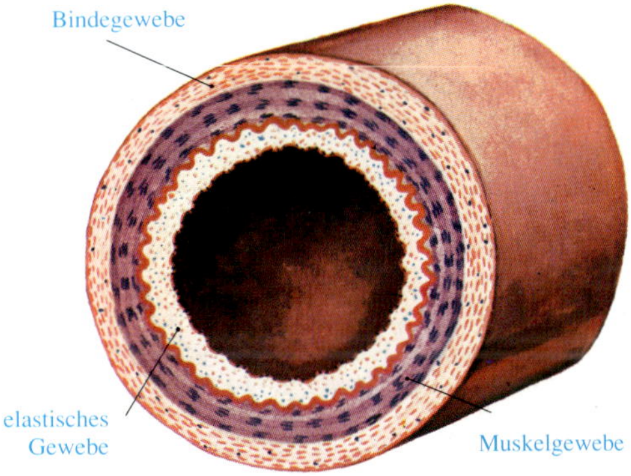

3. Schnitt durch eine Arterie

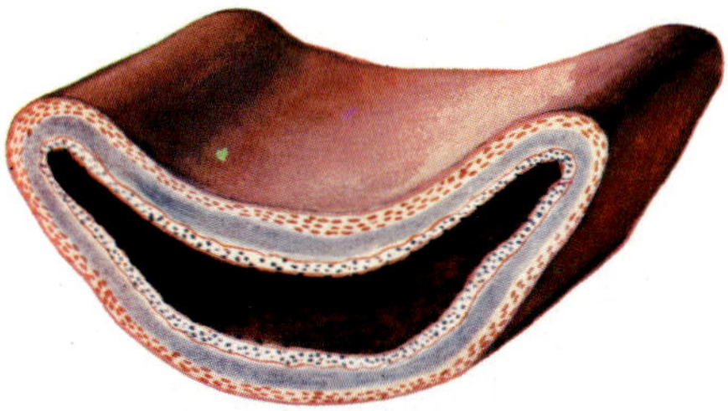

4. Schnitt durch eine Vene

Sauerstofftransportes haben. Dafür ist das Hämoglobin, ein Protein, das aus Globulin und eisenhaltigem Pigment, dem Häm, besteht, verantwortlich. Dieses bildet mit Sauerstoff eine sehr labile Form, das Oxyhämoglobin (in dem sich der Sauerstoff ans Eisen bindet). Es besitzt die Fähigkeit, Sauerstoff an die Gewebe abzugeben.
Wenn die Durchflußgeschwindigkeit vermindert wird, kommt es zur charakteristischen Geldrollenbildung, einem Aneinanderreihen der Erythrozyten. Die roten Blutkörperchen sind außerdem elastisch verformbar, damit sie leichter durch die Kapillaren mit kleinerem Durchmesser durchkönnen. Ihre Lebensdauer beträgt ca. 120 Tage, was man mittels radioaktiv markierten Erythrozyten nachweist. Der Abbau der roten Blutkörperchen erfolgt in der Milz und in der Leber. Das freiwerdende Hämoglobin wird zur Bildung von Gallefarbstoffen verwendet. Die Erythrozytenanzahl beträgt im Normalfall beim Mann 4,5 Mill./mm^3 und bei der Frau 4 Mill./mm^3.

Leukozyten (weiße Blutkörperchen) sind in der Regel farblose Zellen, die amöboide Bewegungen ausführen. Sie können aus Gefäßen im Falle einer Entzündung oder Gewebsschädigung auch austreten (Diapedese). Ihre Anzahl ist wesentlich geringer als die der roten Blutkörperchen. Sie liegt beim Erwachsenen zwischen 6000 und 10.000 pro mm^3. Beim Neugeborenen und während der Verdauung ist sie deutlich höher.
Nach ihren Merkmalen und ihrem mikroskopischen Aussehen unterscheidet man folgende Typen: Granulozyten, Neutrophile, Eosinophile, Basophile, Lymphozyten und Monozyten. In 1 mm^3 Blut sind 65% der Leukozyten Neutrophile, 3% Eosinophile, 1% Basophile, 25% Lymphozyten und 6% Monozyten. Die Neutrophilen, Eosinophilen, Basophilen, Leukozyten werden Granulozyten genannt. Sie haben einen gelappten Kern und stammen von Myeloblasten, die im Knochenmark vorkommen, ab. Die Lymphozyten, die einen großen Kern und einen schmalen Zytoplasmasaum haben, entstehen aus Lymphoblasten im Lymphgewebe und in der Milz.
Die Monozyten sind kugelförmige Zellen mit einem hufeisenförmigen Kern. Sie haben ihren Ursprung im endothelialen System des gesamten Organismus. Die Granulozyten und die Monozyten spielen in der Körperabwehr eine wichtige Rolle. Sie können die Bakterien aufnehmen und sie durch Enzyme abbauen.
Die Lymphozyten sind die Gedächtniszellen der Immunabwehr und für die Bildung von Antikörpern verantwortlich, mit welchen der Organismus körperfremde Substanzen (Antigene) eliminiert.

Thrombozyten (Blutplättchen) sind unregelmäßige zytoplasmatische Fragmente und ca. 2 μ lang. Sie spielen in der Blutgerinnung eine wesentliche Rolle. Ihre Anzahl liegt zwischen 100.000 und 500.000/mm^3, die Thrombozyten entstehen beim Zerfall von Megakaryozyten – großen Zellen –, die im Knochenmark vorkommen.

Blutplasma ist eine wässerige Lösung aus Proteinen (7%), anorganischen Salzen (1%) und geringen Mengen anderer chemischer Substanzen. Nach ihrem Molekulargewicht und anderen physikalisch-chemischen Eigenschaften werden die Proteine des Blutplasmas in Albumin und Globuline (Alpha, Beta, Gamma) eingeteilt. Einige Proteine (Gammaglobuline) greifen in Abwehrreaktionen ein, andere sind für den Gerinnungsprozeß unentbehrlich.
Die anorganischen Salze sind hauptsächlich Natriumchlorid-Carbonat und kleine Spuren Kaliumchlorid, Kalzium und Magnesium. Nicht nur ihre absolute Menge, sondern auch ihr Verhältnis zueinander beeinflussen die Funktion. Darüber hinaus gibt es noch andere Reaktionsmechanismen, die die Plasmazusammensetzung konstant halten.
Weitere Plasmabestandteile sind Stickstoff, Glukose, Cholesterin, verschiedene Aminosäuren, Vitamine, Hormone usw. Ein Teil davon sind Stoffwechselprodukte, einige Energiequellen und andere Aktivitätsstimulatoren. Beim Erwachsenen beträgt die Blutmenge 5 – 6 Liter. Das Volumen variiert je nach Alter und Geschlecht.
Sowohl die chemischen als auch die morphologischen Blutanalysen sind für die Diagnosen vieler Krankheiten von größtem

Blutbestandteile

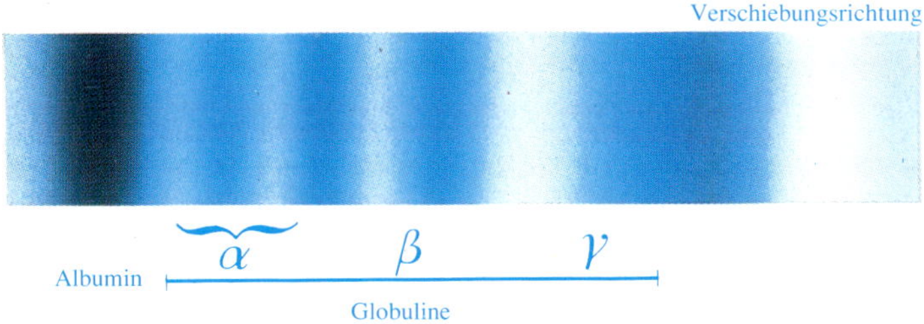

1. Trennung der Plasmaproteine mittels Elektrophorese

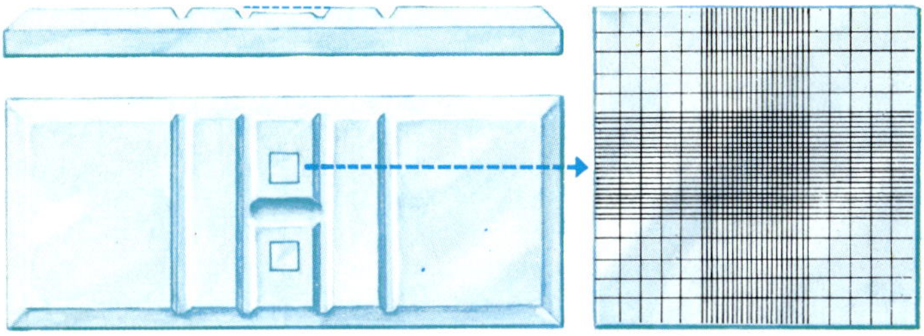

2. Zählkammer

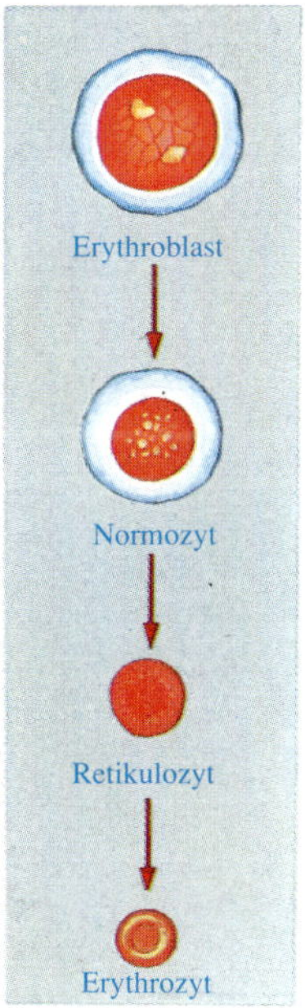

3. Erythrozytenreifung (rotes Blutkörperchen)

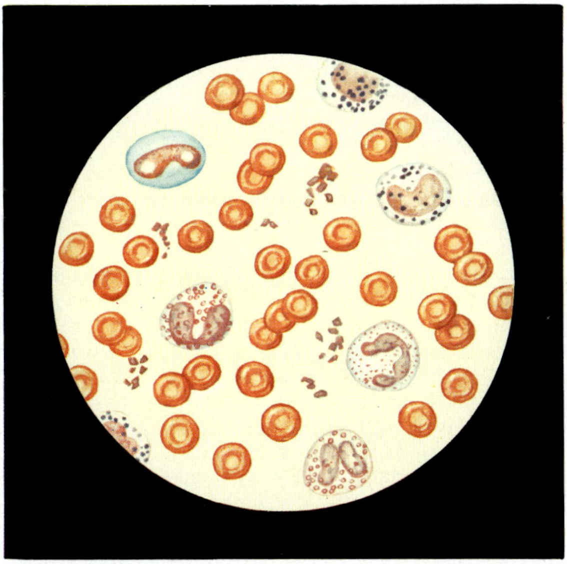

4. Rote und weiße Blutkörperchen im Mikroskop

Interesse.. Der Wert des Hämoglobins und die Erythrozytenzahl ist hier wichtig (bei Blutarmut sind sie zu niedrig). Ebenso bedeutend ist die Gesamtleukozytenzahl, die erhöht (bei Infektionen) oder erniedrigt sein kann. Ihre Anzahl kann mit der Leukozytenzählkammer bestimmt werden (Seite 11 → 2). Diese ist im wesentlichen ein Objektträger, der in Felder eingeteilt ist, die ihrerseits in Quadrate unterteilt werden. Ferner muß man mittels Blutausstrich das Aussehen der Leukozyten und ihre relative Prozentzahl zueinander beurteilen.
Die normale Leukozytenformel lautet: 60 – 70% Neutrophile, 20 – 30% Lymphozyten, 6% Monozyten, 1 – 2% Eosinophile und 0 – 1% Basophile.

Blutgerinnung: Das Blut gerinnt auf Grund des Fibrinogens, einem Eiweiß des Blutplasmas mit hohem Molekulargewicht. Es wird ein Fibrinnetz gebildet, in dessen Maschenwerk Erythrozyten und Leukozyten liegen. Kontinuierlich verfestigt sich der so gebildete Pfropf, in dem das Serum abgesondert wird. Serum ist in seiner chemischen Zusammensetzung dem Plasma ähnlich. Es fehlt ihm jedoch das Fibrinogen.
Für die Umwandlung des Fibrinogens in Fibrin wird Thrombin benötigt, ein Eiweiß, das als solches im Blut nicht vorkommt, sondern aus dem Prothrombin gebildet wird. Letzteres ist ein Plasmabestandteil und wird in der Leber synthetisiert.
Zur Umwandlung des Prothrombins in Thrombin kommt es durch die Wirkung des Thromboblastinkomplexes (Faktor X und V, auch bestimmte Eiweiße, Calciumionen und der Plättchenfaktor III, der von den Blutplättchen freigesetzt wird). Dieser kann auf zwei verschiedenen Wegen aktiviert werden: über das endogene System, das durch im Blut vorkommende Faktoren ausgelöst wird, die bei Gefäßschädigung aktiviert werden, und über das exogene System, einem Komplex, der bei Gewebsverletzung freigesetzt wird. Das heißt, es kommt durch einen Reiz, der z. B. durch Blutaustritt gesetzt wird, zum Ablauf des einen oder anderen Systems oder aber auch von beiden. Diesen Vorgang nennt man »Kaskarde«: Ein Faktor aktiviert mit extremer Geschwindigkeit den nächsten. Auch die Blutplättchen verhindern durch ihre Anlagerung an die Gefäßwand (Thrombus) den Blutaustritt und tragen daher zur Blutstillung bei.
Im Organismus können spontan kleine Blutgefäße platzen. Die Blutplättchen lagern sich am Rand der Öffnung an, indem sie einen Thrombus bilden, der die Öffnung verstopft. So hat die Gefäßwand Zeit zu vernarben. Hämophiliepatienten (Bluter) sind auf Grund einer Unvollkommenheit dieses Mechanismus ständig gefährdet, zu verbluten.
Andererseits kann die Thrombenbildung in einem Gefäß zum Tod führen, indem die Blutzufuhr in lebenswichtige Organe (Herz, Gehirn) verhindert wird. Die häufigste Ursache einer Thrombose sind Wandveränderungen in Blutgefäßen (Arteriosklerose).

Blutgruppen: Die Blutgruppenmerkmale sind als eiweißhaltige Bestandteile in der Erythrozytenwand enthalten und führen in einem fremden Organismus als Fremdeiweiß (Antigen) zur Antikörperbildung. Als Folge kommt es zur Verklumpung von Erythrozyten und somit zum Zerfall. Die Erythrozytenantigene heißen Agglutinogene (→ 2), die Plasmaantikörper Agglutinine. Beim AB0-Systems, dem wichtigsten, gibt es folgende Gruppen:

0: Agglutinogene fehlen
A: Agglutinogen A
B: Agglutinogen B
AB: Agglutinogen A und B

Das Agglutinin Anti-A heißt Alpha, das Anti-B Beta. Natürlich können in einem Organismus nicht beide Agglutinogene und ihre korrespondierenden Agglutinine vorkommen. Es existieren jedoch kompatible Elemente. So enthält das Blut der Gruppe A Agglutinin Beta, jenes der Gruppe B Alpha und jenes der Gruppe 0 beide. Beim Verabreichen einer Blutkonserve muß man sicher sein, daß sich das Blut des Spenders mit jenem des Empfängers verträgt. Dies ist der Fall, wenn sie dieselbe Blutgruppe haben. Um das festzustellen, mischt man Empfängerserum mit Spendererythrozyten und Spenderserum mit Empfängererythrozyten. Um die Blutgruppe zu bestimmen, mischt

Blutgerinnung und Blutgruppen

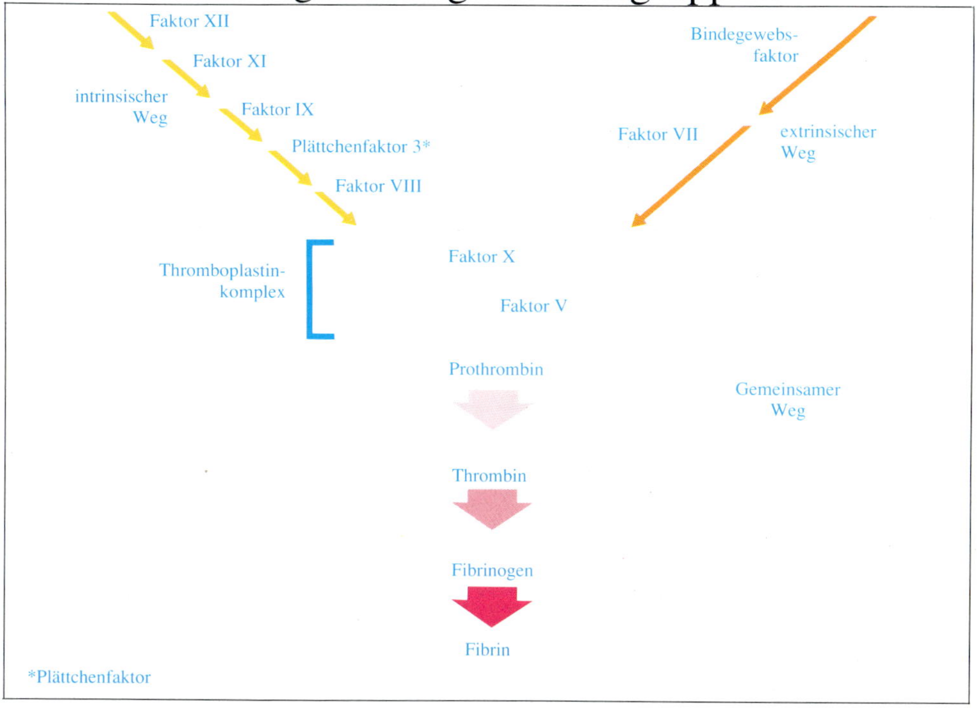

1. Mechanismus der Blutgerinnung

Gruppe → / Agglutinogen → / ↓ Agglutinine ↓		O	A	B	AB
		–	A	B	A e B
O	α e β	–	+	+	+
A	β	–	–	+	+
B	α	–	+	–	+
AB	–	–	–	–	–

Empfänger — Spender

– fehlende Agglutination: Transfusion möglich
+ Agglutination: Transfusion unmöglich
Blutgruppe 0: »Universalspender«
Blutgruppe AB: »Universalempfänger«

2. Übersichtstabelle der Unverträglichkeit bei der Bluttransfusion

man eine kleine Menge Blut mit Serum, das spezifische Agglutinine enthält, und beobachtet wenige Minuten später, ob eine Verklumpung auftritt.
Außer dem AB0-System hat man viele andere Systeme entdeckt. Von größter Bedeutung ist das Rhesus-System. Zum sogenannten »Morbus Hämolyticus Neonatorum« des Neugeborenen kommt es, wenn eine rhesusnegative Frau von einem rhesuspositiven Mann ein rhesuspositives Kind bekommt. 15% unserer Bevölkerung sind Rhesus negativ. Die Agglutinine Antirhesus kommen im Plasma nicht vor. Erst nach dem Kontakt mit rhesuspositivem Blut kommt es zur Bildung von Antikörpern, z. B. durch rhesuspositive Blutkonserven oder durch Übertritt rhesuspositiver Erythrozyten vom Feten auf die Mutter.

Das Herz

Der Herzmuskel: Das Herz besteht aus einem kontraktilen spezifischen Gewebe, dem Herzmuskel oder Myocard, der außen vom Pericard und innen vom Endocard überzogen ist. Die Myocardfasern (→ 1) werden vom gestreiften Muskelgewebe gebildet und sind daher skelettmuskelähnlich. Sie unterscheiden sich von jenen durch synzitiales Gewebe und Glanzstreifen, die quer und in unregelmäßigen Abständen angeordnet sind.

Aufbau des Herzens: Das Herz besteht aus 4 Höhlen. Jeder Vorhof steht mit der dazugehörigen Kammer durch eine Klappe (rechts: Tricuspidalklappe, links: Mitralklappe) in Verbindung. Aber weder die Vorhöfe noch die Kammern stehen untereinander in Verbindung. Das arterielle Blut, das von der Lunge kommt, wo es mit Sauerstoff angereichert wurde, gelangt über die Lungenvenen in den linken Vorhof, von dort durch die Mitralklappe in die linke Kammer, weiter durch die Aortenklappe in die Aorta und von dort in den gesamten Organismus. In der Peripherie gibt es Blut und Sauerstoff ab, nimmt CO_2 auf (venöses Blut) und gelangt über die obere und untere Hohlvene in den rechten Vorhof. Von dort fließt es durch die Tricuspidalklappe in die rechte Kammer, weiter durch die Pulmonalklappe in die Lungenarterie, die das venöse Blut zur Lunge transportiert (→ 2). Die Wanddicke der 4 Höhlen richtet sich nach ihrer Arbeitsleistung. So haben die Vorhöfe, die eine geringe Tätigkeit haben, und zwar die einer Saugpumpe und nur begrenzt die einer Druckpumpe, dünne Wände. In den Lungengefäßen herrscht ein relativ geringer Widerstand und daher sind die Wände der rechten Kammer nicht sehr dick. Die Wände der linken Kammer, die das Blut in das gesamte Gefäßnetz pumpen muß, sind wesentlich dicker.
Innen ist das Myocard von einer sehr dünnen Endothelschicht bedeckt, die auch die Klappen überzieht und sich dann in der inneren Schicht oder Intima der Gefäßwand fortsetzt. Außen ist das Herz von einer Membran, dem Pericard, bedeckt, die das Herz wie ein Sack einhüllt. Die innere Seite ist serös, die äußere fibrös.

Reiz- und Herzkontraktion: Das Erregungszentrum der Herzkontraktion liegt im Sinusknoten oder Keith-und-Flack-Knoten (→ 4) im rechten Vorhof, nahe der Mündung der oberen Hohlvene. In diesem ist die Impulsfrequenz höher als im übrigen Reizleitungssystem; d. h., während man hier 72 Impulse pro Minute hat, sind es in den Vorhöfen 60 und in den Kammern 25 – 30. Das gesamte Myocard wird daher von der Aktivität des Sinusknotens beherrscht, der auch mit einem anderen Wort, das aus der Sportsprache übernommen wurde, »Pace-Maker – Schrittmacher« genannt wird. (Mit diesem Ausdruck »Pace-Maker« bezeichnet man auch ein kleines Gerät, das elektrische Impulse aussendet, die zur Kontraktion des Herzmuskels führen = Herzschrittmacher). Ein faserig-sehniger Ring unterbricht an den Öffnungen zwischen Vorhöfen und Kammern die Kontinuität des Muskels. In Höhe einer solchen Brücke befindet sich der atrioventriculäre Knoten, Aschoff-Tawara (auf der rechten Seite der Kammerscheidewand) der die im Sinusknoten entstandenen Impulse weiterleitet. Die Reizwelle breitet sich über ein spezielles System modifizierter Herzfasern – Reizleitungssystem – auf das gesamte Myocard aus. Der Impuls wird vom Aschoff-Tawara-Knoten über das His-Bün-

Das Herz

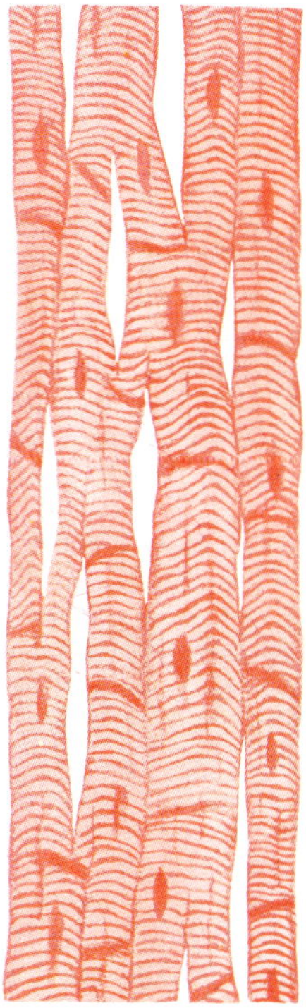

1. Herzmuskelgewebe

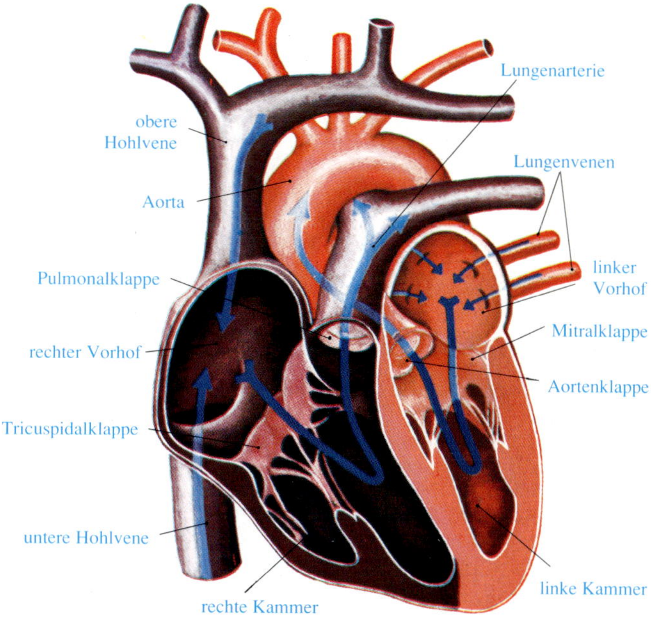

2. Weg des Blutes im Herzen

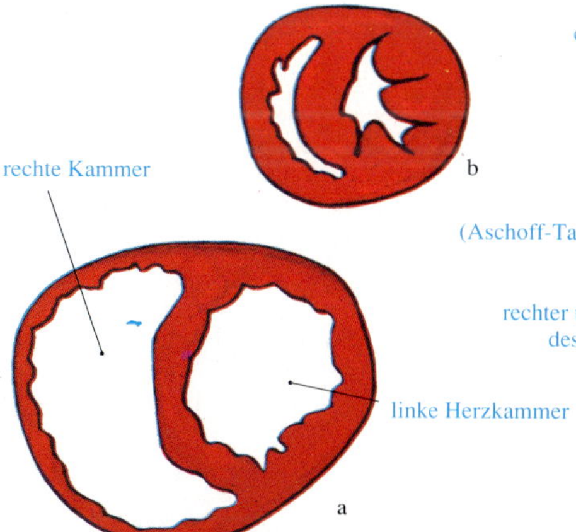

3. Herzkammer (a in Diastole, b in Systole)

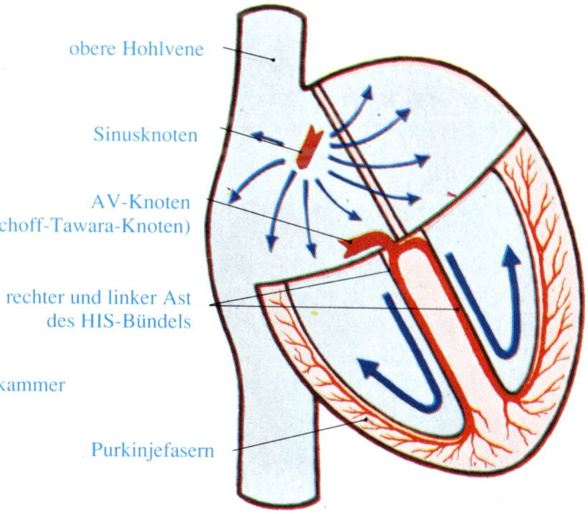

4. Reizleitungssystem

del, das sich in zwei Äste teilt, einen rechten und einen linken, schließlich zu den Purkinje-Fasern, die in den Kammern ein Netz bilden, geleitet. So erreicht der Impuls nahezu gleichzeitig alle Stellen beider Herzkammern. Alle 0,8 Sekunden entsteht im Sinusknoten ein Impuls. Die Vorhöfe ziehen sich zusammen (Vorhof oder Präsystole) und pumpen das in ihnen befindliche Blut durch die schon geöffneten Klappen in die Kammern. Der Reiz erreicht den Aschoff-Tawara-Knoten, breitet sich über die Purkinje-Fasern rasch aus und führt dadurch zur Kammerkontraktion (Systole). Unterdessen entspannen sich die Vorhöfe (Vorhofdiastole).

Der hohe Druck in den Kammern führt zum Klappenschluß zwischen Vorhöfen und Kammern (Tricuspidal- und Mitralklappe) und öffnet die Aorten- und Pulmonalklappe, durch die das Blut von der rechten Kammer in die Lungenarterie und gleichzeitig von der linken in die Aorta gelangt. Es folgt eine kurze Pause, in der sich die Kammern entspannen (komplette Diastole). Der Kammerdruck fällt in dieser Zeit rasch ab, auch der arterielle Druck fällt, aber auf Grund der Gefäßwandelastizität weniger schnell.

In dem Moment, in dem der Kammerdruck kleiner als der arterielle Druck ist, schließt sich die Aorten- und Pulmonalklappe. Wenn das Myocard komplett entspannt ist, öffnen sich die Klappen zwischen den Vorhöfen und Kammern wieder, und das Blut strömt aus den Vorhöfen, die sich schon wieder gefüllt haben, in die Kammern.

Die Herztätigkeit kann mit einem eigens dafür vorgesehenen Gerät, dem Elektrokardiographen, registriert werden. Dieses gibt mittels eines Oszillationsdiagramms Auskunft über elektrische Ströme im Herzen, durch welche sich dieses kontrahiert (→ 1). Dazu werden am Körper Elektroden angelegt, die mit dem Gerät verbunden werden. Dieses registriert die elektrischen Impulse und überträgt sie durch einen Schreiber auf einen Papierstreifen. Diese Linie, EKG genannt, erlaubt eine erstaunlich genaue Darstellung.

Die Potentialschwankungen liegen im Millivoltbereich und die Ströme sind sehr schwach, wohl auch darum, weil der Körper, besonders die Haut, einen erheblichen Widerstand darstellt.

Beim EKG gibt es verschiedene Ableitungen. Die geläufigsten sind: 1. Die drei klassischen Einthoven oder bipolaren Ableitungen. Das sind Ableitung I (re. Arm – li. Arm), II (re. Arm – li. Bein), III (li. Arm – li. Bein); 2. Die unipolaren Brustwandableitungen. Im EKG beobachtet man drei positive Ausschläge (P, R, T) und zwei negative Ausschläge (Q und S). Die P-Welle (Vorhofkomplex) entsteht durch die Vorhofaktivität, die Wellen Q, R, S bilden den Kammerkomplex. Spezielle Bedeutung hat die T-Welle, die auch koronare Welle genannt wird.

Es können auch die sogenannten »Herztöne« aufgezeichnet werden, die durch das Spiel der Herzklappen und der Vibrationen der Herzwände und der großen Gefäße entstehen.

Es gibt definitiv zwei Mechanismen, die die Herzaktivität regulieren. Der eine ist ein Autoregulationsmechanismus (Frank-Starling-Mechanismus), der auf der Eigenschaft beruht, daß sich das Herz umso stärker zusammenzieht je stärker die Herzwände vorher gedehnt wurden; d. h. die Kraft der systolischen Kontraktion ist bis zu einem gewissen Grad proportional dem Herzvolumen in der Diastole.

Der andere Mechanismus funktioniert über das Nervensystem, und zwar über das Gegenspiel von Parasympathicus und Sympathicus (Seite 17 → 3). Das Herzregulationszentrum in den Rückenmarkswurzeln enthält Informationen aus dem ganzen Körper und sendet Nervenreize zum Herzen, das seine Aktivität dem momentanen Bedarf anpaßt.

Der Blutkreislauf

Die Blutzirkulation durch das Gefäßsystem erfolgt nach der Poiseuilleschen Formel. Nach ihr ist der Strom einer Flüssigkeit durch ein Gefäß direkt proportional dem Druckunterschied an den Gefäßenden und der 4. Potenz seines Durchmessers, indirekt proportional der Gefäßlänge und der Viskosität der Flüssigkeit:

Aktivität des Herzens

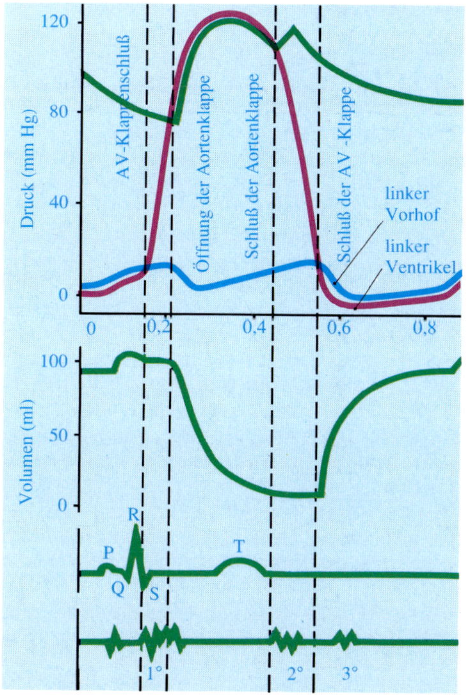

1. Varianten des Herzzyklus

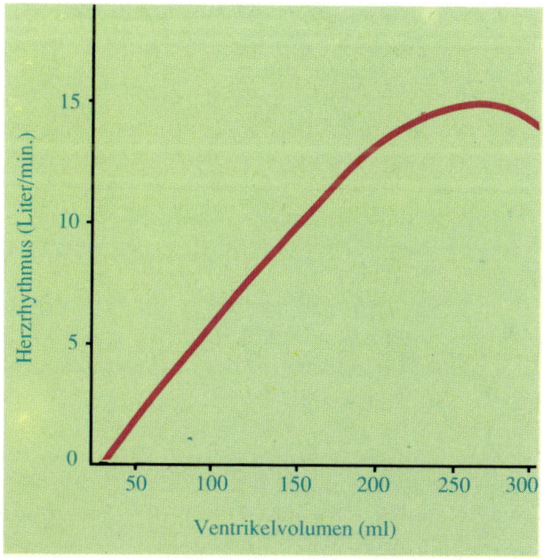

2. Wirkung der Dehnung des Herzens auf den Herzrhythmus

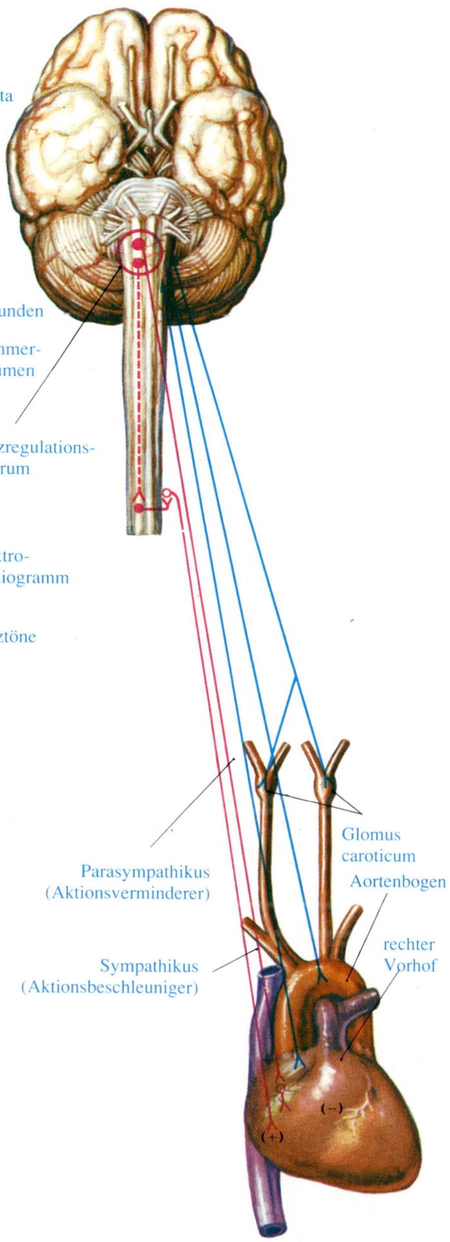

3. Regulationsmechanismen der Herzaktivität

$$\text{Fluß} = K \times \frac{\text{Druck} \times \text{Durchmesser}^4}{\text{Länge} \times \text{Viskosität}}$$

Das vom Herzen kommende Blut verteilt sich nach dieser Formel im Gefäßnetz. Der wichtigste Faktor ist der Gefäßdurchmesser, dessen Veränderung auch zu einer Änderung des Blutflusses in den betreffenden Körperregionen führt. Dank der Wandmuskulatur können die Arteriolen ihr Kaliber verändern. Davon hängt die quantitative Blutverteilung auf das gesamte Kreislaufsystem ab. Die durch ein Gefäß strömende Flüssigkeit übt auf dessen Wand einen Druck aus, der umso stärker ist, je größer der Fluß und der Widerstand ist, der an einem theoretisch angenommenen Punkt in diesem Gefäß entgegenwirkt:

$$\text{Druck} = \text{Fluß} \times \text{Widerstand}.$$

Der Widerstand ist weitgehend ident mit der Wandspannung und hängt von Gefäßlänge und Kaliber ab sowie von der Blutviskosität. Daher gilt: 1. der seitliche Druck nimmt ständig ab; 2. der Blutfluß durch die Gefäße ist lamellär.
Das menschliche Gefäßsystem kann schematisch wie in → 2 dargestellt werden. Man sieht, daß sich die Arterien und Atriolen nach und nach aufzweigen und ihre Gefäßdurchmesser kleiner werden, während der Gesamtdurchmesser enorm zunimmt. Von den Kapillaren zu den Venen läuft es umgekehrt ab.

Die Blutgeschwindigkeit: Das Blutvolumen, das sich in jeder Region des Kreislaufsystems befindet, ist gleich der Fläche der Gesamtdurchmesser der Gefäße, multipliziert mit ihrer mittleren Länge. Daher sind bei konstantem Blutfluß die Geschwindigkeit und der Gesamtdurchmesser der Gefäße indirekt proportional. Deshalb ist in den Kapillaren die Geschwindigkeit am kleinsten (→ 2). Das ist aus funktioneller Sicht wichtig, weil hier der Austausch zwischen Blut- und Gewebsflüssigkeit stattfindet.

Blutdruck: Bei jeder Herzkontraktion (Systole) erweitert das ausgeworfene Blut die Gefäße. Je stärker die Kontraktion ist, umso stärker werden die Gefäße erweitert. Während der Diastole erlangen die Gefäße wieder ihren ursprünglichen Durchmesser. Der Druck hängt von der Gefäßwandspannung, der Gefäßelastizität, der Blutmenge und deren Zusammensetzung ab. Der Spannungszustand und damit der Druck verändert sich, da er die notwendigen Schwankungen von Systole und Diastole registriert. In der Systole erreicht er den höchsten Wert, in der Diastole den niedrigsten. In mittelgroßen Arterien liegt der Druck zwischen 120 – 130 mm Hg (Systolischer oder Maximaldruck) und 70 – 80 mm Hg (Diastolischer oder Minimaldruck). Die Differenz der beiden nennt man Differentialdruck. Wären die Arterien starr, würde der Druck während der Systole stark ansteigen und während der Diastole sofort abfallen. Das ist im Alter bei verschiedenen pathologischen Prozessen der Fall.
Bei der Arteriosklerose z. B. steigt der Differentialdruck auf Grund der verminderten Elastizität der Arterien an. (Seite 19 → 3). In der Regel stehen der Minimal- und der Maximaldruck in einem bestimmten Verhältnis zueinander. Bei Gesunden ist der diastolische Wert etwa die Hälfte + 10 des systolischen Wertes. Die angegebenen Werte gelten für männliche Erwachsene. Bei Frauen und Kindern liegen sie etwas niedriger.
Viele Erkrankungen haben einen direkten Einfluß auf den Druck. So kommt es z. B. bei Gefäßerkrankungen (Arteriosklerose), toxischen Ursachen oder Hormonstörungen zu einer Druckerhöhung (Hypertension), bei akuten Erkrankungen oder bei Geschwächten sowie beim Kreislaufkollaps kommt es hingegen häufig zum Druckabfall (Hypotension). Die Nervenfasern des Sympathicus erreichen alle Blutgefäße (Seite 17 → 3). Ihre Impulse bewirken generell eine Gefäßverengung. Nur einige Blutgefäße, z. B. die Herzkranzgefäße, erweitern sich durch den Sympathicusreiz.
Die Fasern des Parasympathicus haben gefäßerweiternde Wirkung. Manche Gefäße stehen mit Ästen sensibler Neurone in Verbindung und erweitern sich durch Stimulation bestimmter Rezeptoren. Durch Aussendung von Impulsen wird die Spannung der

Geschwindigkeit und Druck des Blutes

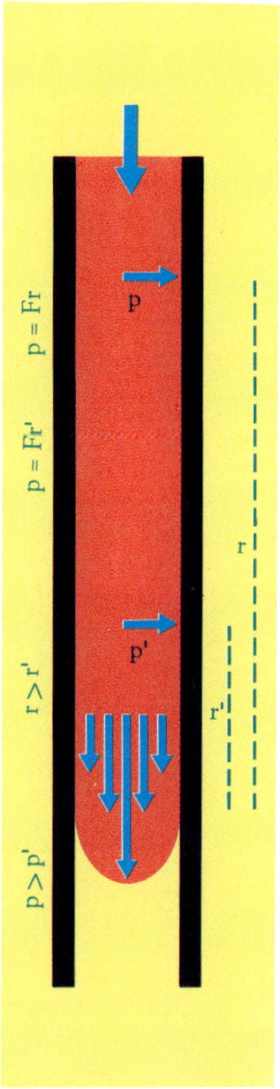

1. Laminärer Blutfluß und Sinken des Druckes eines Gefäßes

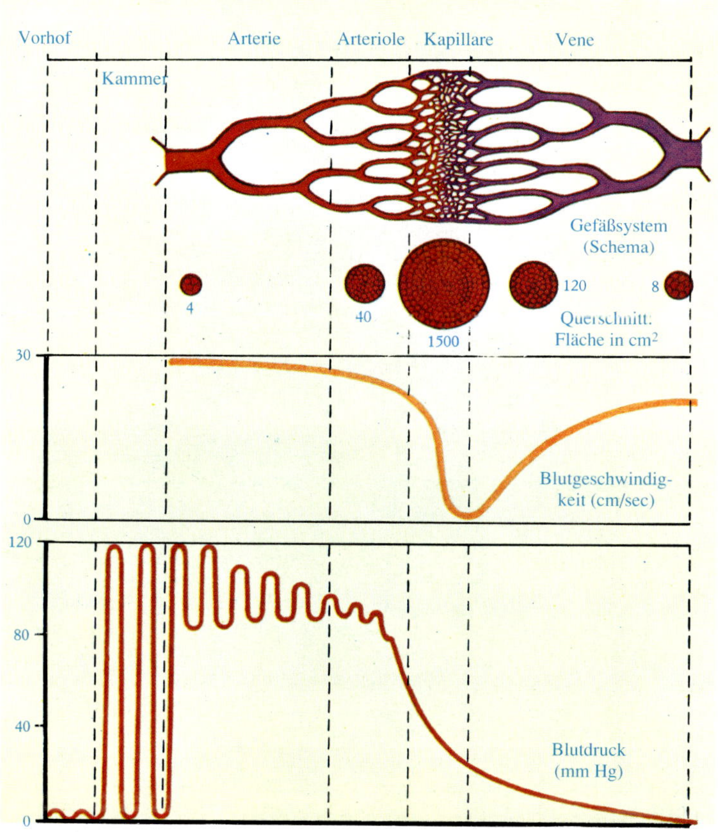

2. Druck und Geschwindigkeit in verschiedenen Abschnitten des Gefäßsystems (gesamte Zirkulation)

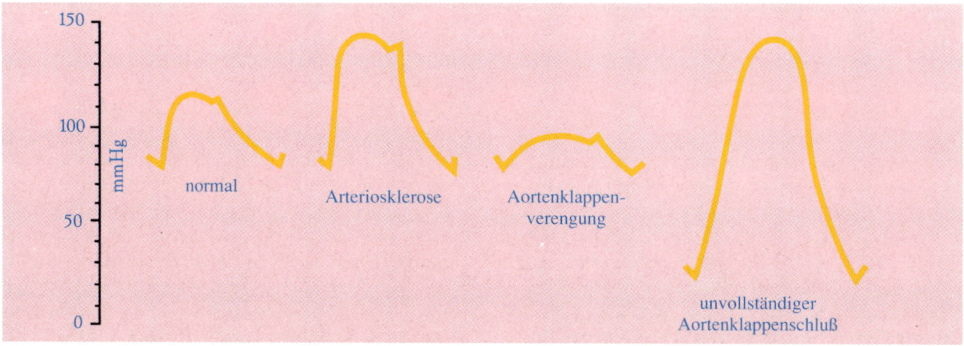

3. Druck- und Pulsunterschiede bei verschiedenen Erkrankungen

Gefäßwände reguliert. Der Gefäßdurchmesser wird auch durch chemische Substanzen (→ 4) verändert.
Im verlängerten Mark, das in enger Verbindung mit dem Herzregulationszentrum steht, liegen die Neurone, die Impulse an alle Blutgefäße aussenden. Diese Neurone bilden das vasomotorische Zentrum und ihre Funktion besteht darin, den Gefäßdurchmesser an den momentanen Bedarf anzupassen. Wenn der arterielle Druck ansteigt, kommt es über die Stimulation von Rezeptoren, die in bestimmten Regionen des Gefäßsystems liegen und ihre Information ins Herzregulationszentrum (siehe Seite 17) und ans vasomotorische Zentrum weitergeben, zur Verminderung der Herzaktivität und Erweiterung der Arterien. Beides führt zur Senkung des arteriellen Druckes. Bei der Hypotonie ist es umgekehrt. Durch die Verengung der Arteriolen steigt der arterielle Druck, aber der Blutdurchfluß in diesem Gebiet wird gesenkt. Dadurch steigt die Durchblutung in den Kapillaren einer anderen Region. Dort müssen sich die lokalen Arteriolen erweitern, bis der arterielle Druck abfällt.
CO_2, ein Produkt des Zellstoffwechsels, führt zu einer Arterienerweiterung und stimuliert zugleich stark das gefäßverengende Zentrum (→ 1). In stoffwechselaktiven Geweben entsteht die größte Menge CO_2, es kommt zur Erweiterung der Arteriolen und zum Ansteigen der Durchblutung in diesem Gebiet.
Das anfallende CO_2 wird vom Blut transportiert und gelangt zum vasomotorischen Zentrum. Dieses antwortet mit einer generellen Gefäßverengung. Durch die hohe CO_2-Konzentration in aktiven Geweben bleiben die Gefäße aber in diesem Bereich weit und das Blut wird hauptsächlich in diese Gebiete gepumpt. Durch diesen Mechanismus sichert das CO_2 automatisch seine Elimination aus dem Körper.
Andere Mittel, die lokale Durchblutung zu steigern, sind die axonalen Reflexe und die Histaminfreisetzung.
Die Höhe des arteriellen Druckes hängt außer vom Zustand der Gefäßwand auch vom Blutvolumen ab. Hier spielt das Renin-Angiotensin-System eine wichtige Rolle. Wenn das Volumen vermindert wird, werden spezifische Zellen, die in den zuführenden Arteriolen der Nierenkörperchen liegen (juxtaglomerulärer Apparat), stimuliert. Diese setzen Renin frei, ein Enzym, das zur Umwandlung des Angiotensinogens in Angiotensin führt. Dieses ist a) der stärkste Gefäßverenger und b) Stimulator der Aldosteronfreisetzung, was die Rückresorption von Natrium und Wasser in den Nierenkanälchen bewirkt. Daher kommt es im Falle eines großen Blutverlustes sofort zur Gefäßverengung und Verminderung der Wasserausscheidung, um so das Volumen wieder aufzufüllen.

Zirkulation in den Kapillaren: Die Zirkulation erlaubt eine Erneuerung der Gewebsflüssigkeit. Der notwendige Austausch in den Kapillaren und Gewebe ist nur bei ausreichender Blutmenge möglich. Der Blutfluß in einem Kapillargebiet ist abhängig vom Arteriolen- und venösen Druck und vom Zustand des Schließmuskels vor den Kapillaren. Unter bestimmten Bedingungen kommt es durch das Zusammenziehen obgenannter Schließmuskel zum Verschluß der Kapillaren in diesem Gebiet.
Der Blutdruck beträgt am Anfang der Kapillaren 35 – 40 mm Hg und fällt auf 15 – 20 mm Hg ab.
Man nimmt an, daß der Mensch ca. 3,5 Milliarden Kapillaren unterschiedlichen Durchmessers besitzt. Die kleinsten sind jene der Netzhaut und der grauen Substanz des zentralen Nervensystems, die größten jene der Knochen. Die Kapillarwand besteht aus einer einfachen Endothelschicht, die allen Bestandteilen des Blutplasmas mit Ausnahme der großen Eiweißmoleküle den Durchtritt erlaubt. Die interstitielle Flüssigkeit kann in die Kapillaren eintreten und sich im ganzen Kreislaufsystem verteilen.
Der Stoffaustausch zwischen Blutplasma und Gewebsflüssigkeit ist ein rein physikalischer Prozeß, der über den hydrostatischen und den onkotischen Druck abläuft (S. 23→ 1).
Der Blutdruck beträgt an der Verbindungsstelle zwischen Kapillaren und Arteriolen 40 mm Hg, jener der Gewebsflüssigkeit 5 mm Hg. Andererseits beträgt der osmotische Druck der Plasmaeiweiße, die nicht aus dem Kapillarsystem austreten, 26 mm Hg. Es gibt

Arterieller Druck und Blutfluß

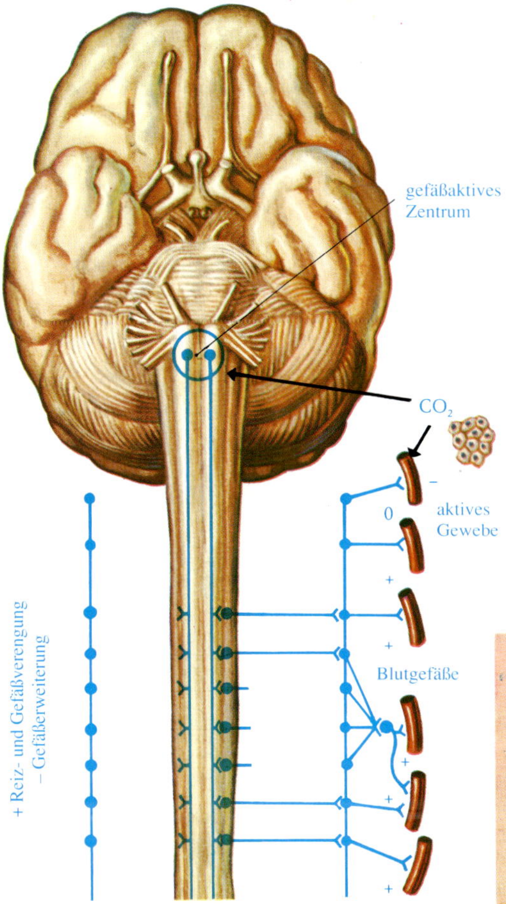

1. Lokale gefäßerweiternde und zentral gefäßverengende Wirkung des CO_2

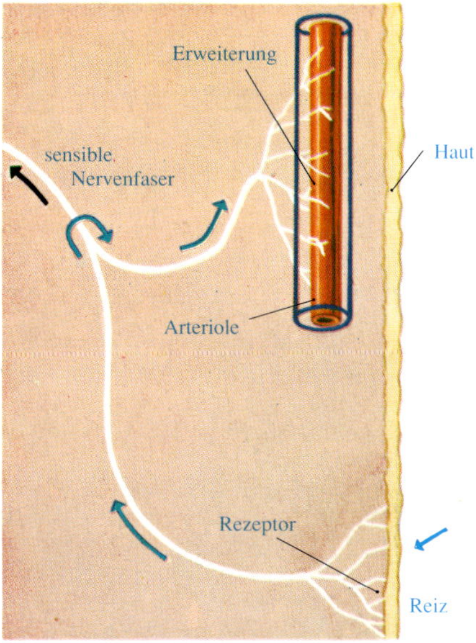

2. Axonreflex

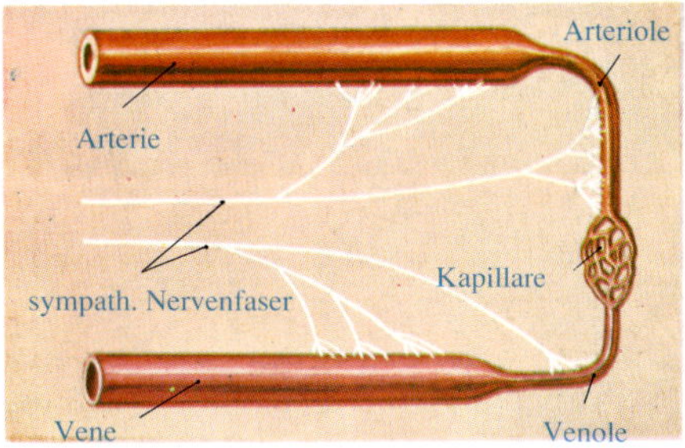

3. Nervenversorgung der peripheren Gefäße

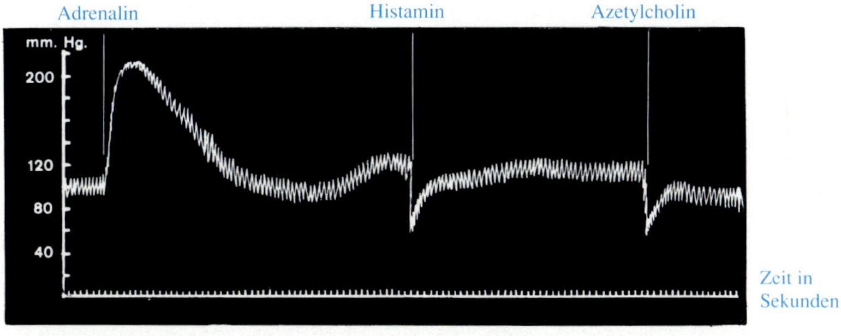

4. Graphische Darstellung des Drucks, Wirkung gefäßaktiver Substanzen, Adrenalin ist gefäßverengend, Histamin und Acetylcholin gefäßerweiternd

auch in der Gewebsflüssigkeit Eiweiß, aber in sehr niedriger Konzentration, und der Druck beträgt nur 1 mm Hg.
Zusammenfassend ist das Resultat aller Kräfte in den Kapillaren folgendes:

Wirksamer Druck =
(40 – 5) – (26 – 1) = 10 mm Hg.

Diese Kraft bestimmt den Austritt des Plasmas in die Gewebszwischenräume. Der Kapillardruck wird gesenkt und die Plasmaproteinkonzentration steigt. Der wirksame hydrostatische und onkotische Druck betragen am distalen Ende 15 bzw. 22 mm Hg. Eine Kraft von 8 mm Hg drückt schließlich die Gewebsflüssigkeit gegen die Kapillaren, in die sie penetriert.
Die Durchlässigkeit der Kapillarwand ist nicht konstant. Verschiedene chemische Substanzen verändern sie. Wenn sie sehr groß ist, treten auch Plasmaproteine in die Gewebszwischenräume über.

Das Lymphatische System: Die Kapillaren und die Venen bilden ein Drainagesystem für die Gewebsflüssigkeit. Die Menge der interstitiellen Flüssigkeit ist sehr gering, nur unter gewissen Bedingungen steigt sie beachtlich an und kann nicht mehr von den Kapillaren aufgenommen werden. Dafür gibt es ein zweites Drainagesystem, das Lymphatische System.
Das System wird von einem Netz dünner Gefäße (→ 2), den Lymphkapillaren, gebildet, die zu größeren Gefäßen zusammenfließen. Im ganzen Lymphgefäßsystem gibt es Klappen, die ein Zurückfließen der Lymphe, der in den Lymphgefäßen zirkulierenden Flüssigkeit, verhindern.
Sie hat eine ähnliche Zusammensetzung wie das Plasma, ist jedoch eiweißärmer. Sie fließt durch Lymphknoten (→ 3), die als Filterstationen arbeiten und die in bestimmten Regionen des Organismus entlang der Gefäße liegen.
Die Lymphe der unteren Extremitäten und des Bauches fließt in der Pecquetschen Zysterne zusammen, gelangt dort in den Brustmilchgang *(Ductus thoracicus)*, der von den Gefäßen der linken oberen Körperhälfte gebildet wird und in den linken Halsvenenwinkel mündet. Die Lymphgefäße, die von der rechten oberen Körperhälfte kommen, bilden die große Lymphvene, die an der Stelle der Vereinigung der rechten Schlüsselbeinvene mit der rechten Halsvene mündet (→ 4).

Das Lymphatische System

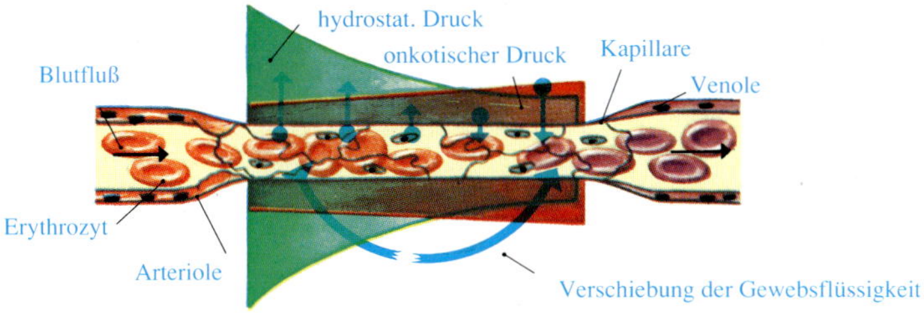

1. Wechsel zwischen Plasma und Gewebsflüssigkeit

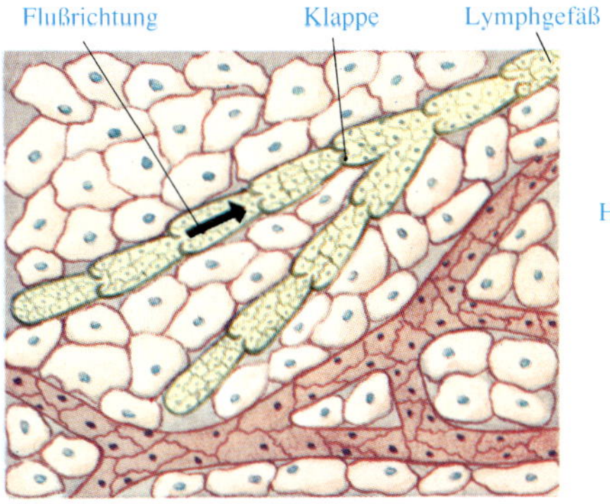

2. Lymph- und Blutkapillaren im Gewebe

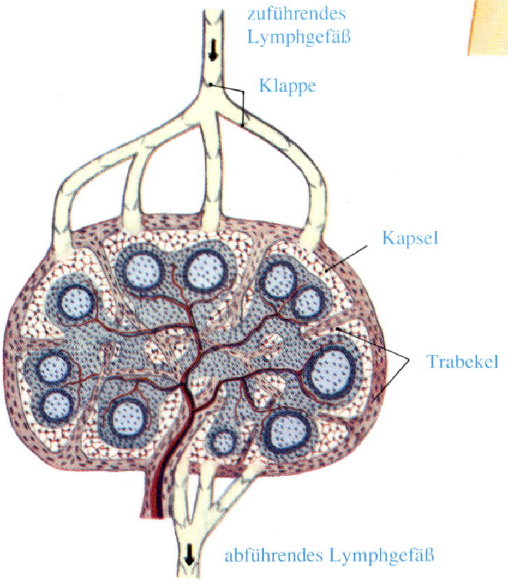

3. Struktur eines Lymphknotens

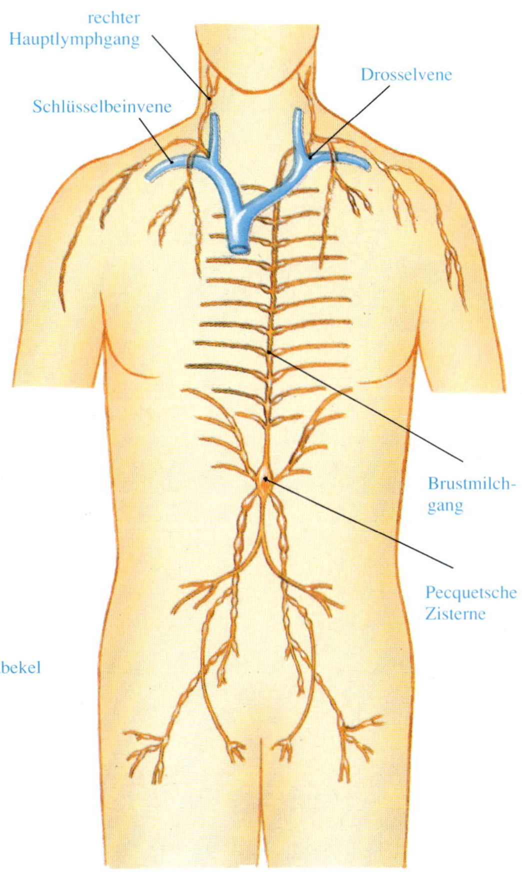

4. Das Lymphatische System

Die Atmung

Die Atmung umfaßt im weitesten Sinne folgende Prozesse:
A Passage der Luft durch die Atemwege bis zu den Lungenbläschen (Alveolen).
B Passage des alveolären Sauerstoffs ins Blut.
C Transport des Sauerstoffes durch das Blut und dessen Verteilung im ganzen Körper.
D Verwertung des Sauerstoffes (CO_2) von den Zellen.
E Zelluläre Produktion von CO_2.
F Transport des CO_2 durch das Blut.
G Passage des CO_2 aus dem Blut in die Lungenbläschen und H Ausatmung der Luft aus der Lunge. Die Prozesse der Sauerstoffverwertung und die Produktion von CO_2 bilden die Zellatmung.

Der Atmungsapparat

Wesentliche Organe des Atmungsapparates sind die Lunge und die Atemwege (→ 1). Sie beginnen bei der Nase, gehen weiter über die Luftröhre, die Bronchien, die sich weiter bis zu kleinen Kanälchen aufzweigen, die an den Lungenbläschen enden. Diese werden auch als Atmungszellen bezeichnet. Dort findet der Gasaustausch zwischen Blut und eingeatmeter Luft statt. Ihre Oberfläche (→ 2) ist durch zahlreiche Kapillaren, die aus der Arterie und den Lungenvenen hervorgehen, gut durchblutet. Die Luft muß, wenn sie in die Lungenbläschen gelangt, frei von Staubpartikeln sein, angepaßte Temperatur und Feuchtigkeit haben und eine konstante chemische Zusammensetzung. All das geschieht auf dem Weg zu den Lungenbläschen. In der Nasenhöhle reinigt die Schleimhaut die Luft, indem sie mittels der Härchenbewegung der Zylinderzellen, von denen sie gebildet wird, den feinen Atmosphärenstaub. Darüber hinaus ist sie gut durchblutet, wodurch die eingeatmete Luft erwärmt wird. Durch die Choanen steht die Nase mit dem Rachen, dem gemeinsamen Organ des Atmungs- und Verdauungsapparates, in Verbindung.
Auf den Rachen folgen der Schlund und die Luftröhre. Der Schlund ist ein sehr bewegliches Organ, dessen Bewegungen in vertikaler Richtung für die Atmung, das Schlucken, das Strecken des Halses und Neigen des Kopfes nötig sind. Die Luftröhre wird von 16 – 20 Knorpelspangen gebildet. Innen ist sie mit Schleimhaut, die Flimmerhärchen trägt, ausgekleidet. Sie teilt sich in Höhe des 4. Brustwirbels in die beiden Hauptbronchien. Diese treten an einer Hilus genannten Stelle in die Lunge ein und beginnen sich zu verzweigen (Bronchialbaum). Der Aufbau der Bronchien ähnelt dem der Luftröhre, auch hier sind Knorpelringe in Stützgewebe eingelagert. In den in der Lunge gelegenen Bronchien wird der knorpelige Anteil von Platten gebildet, die gleichmäßig über die Oberfläche des Bronchus verteilt sind, immer größer und weniger werden, je nach Bronchusdurchmesser, bis sie schließlich in Bronchien mit weniger als 1 mm Durchmesser fehlen. Auch die Schleimhaut verändert sich in den kleinen Bronchien. Sie wechselt dort vom mehrschichtigen Epithel in einschichtiges, zylindrisches Flimmerepithel über. Die Lunge ist jenes Organ, das den Brustraum bis auf einen mittleren Teil, Mediastinum genannt, in dem Herz und große Gefäße liegen, ausfüllt. Die Lungen werden von einer doppelhäutigen serösen Membran umgeben, von denen eine, die *Pleura visceralis* (Lungenfeld), der Lungenoberfläche eng anliegt und die andere, die *Pleura parietalis* (Rippenfell), der Innenfläche der Brusthöhle (→ 3). Zwischen den beiden Häuten befindet sich ein schmaler Flüssigkeitsraum, die Pleuraflüssigkeit, die die Pleurablätter geschmeidig hält und ein reibungslos freies Atmen erlaubt. Wenn aus irgendeinem Grund Luft in die Pleurahöhle gelangt, nennt man das einen Pneumothorax: Als Folge verkleinert sich die Lunge und ihre Aktivität nimmt ab. Man muß versuchen, durch Entfernen der Luft die Lunge wieder zu entfalten. Bei der Tuberkulose legt man als Therapie einen Pneumothorax an (artefizieller Pneumothorax, Seite 25 → 4), um durch Ruhigstellung eine Ausheilung zu erreichen.

Der Atmungsapparat

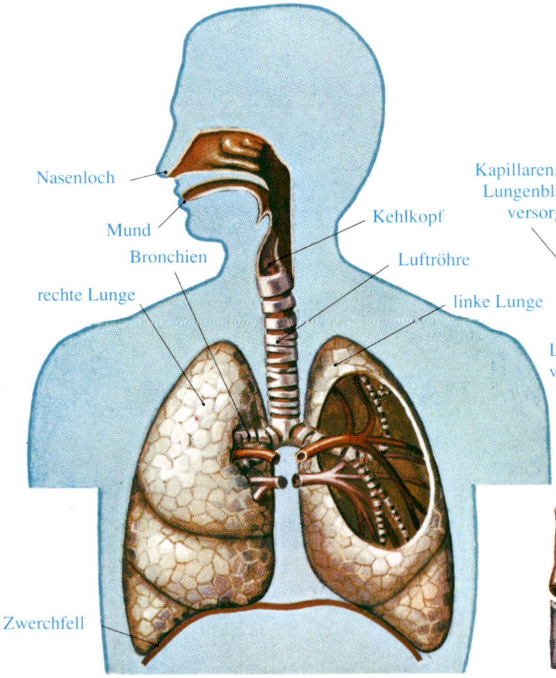

1. Schema des Atmungsapparates

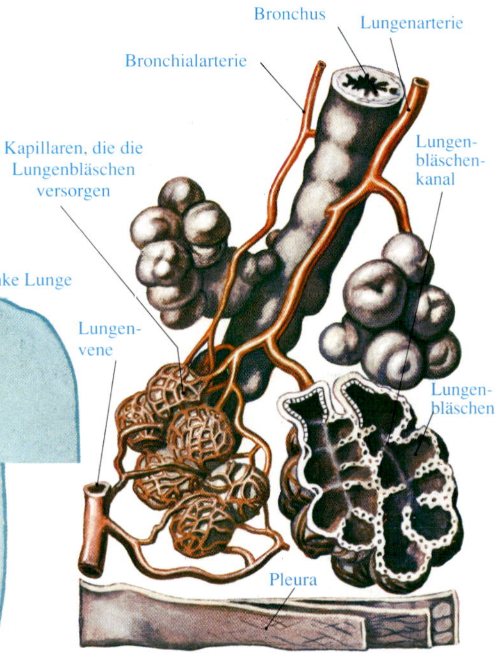

2. Lungenbläschen und Blutkapillaren

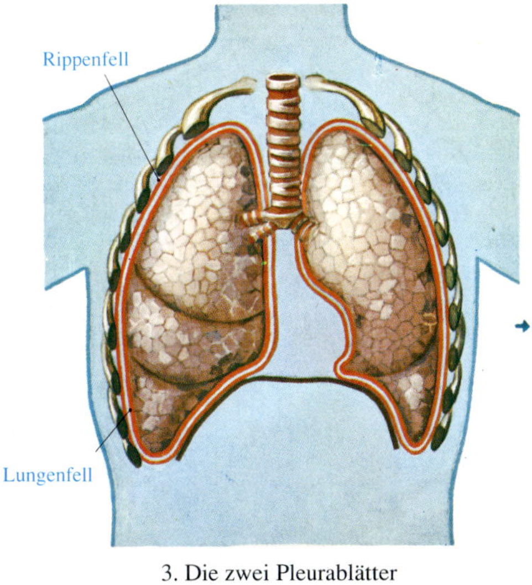

3. Die zwei Pleurablätter

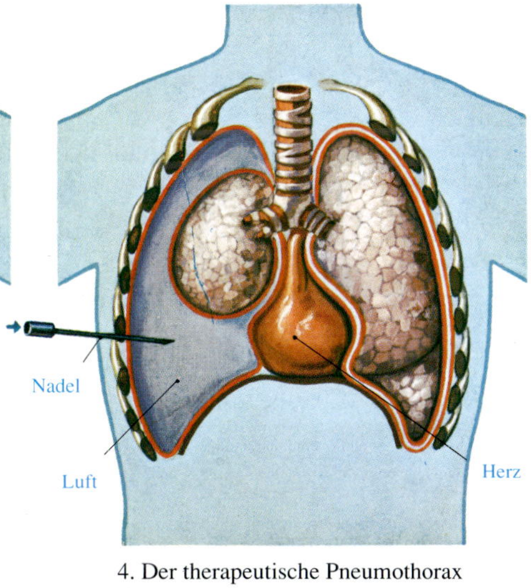

4. Der therapeutische Pneumothorax

Physiologie der Atmung

Die Lunge ist ein sehr elastisches Organ, das sich dehnen und zusammenziehen kann. Im Moment der Dehnung kommt es zum Einströmen der Luft in die Lunge. In der Kompressionsphase wird die Luft ausgepreßt. Diese beiden Vorgänge bezeichnet man zusammen als Atmung. Sie teilt sich in zwei Phasen: Einatmung und Ausatmung. Während der Einatmung dehnt sich der Brustkorb durch die Hebung der Rippen und Absenkung des Zwerchfells. Dadurch wird der Innenraum vergrößert und Luft strömt ein (→ 1). Bei Frauen überwiegt die Brustatmung, bei Männern die Zwerchfell- oder Bauchatmung. Daher sind bei den Frauen die Zwischenrippenmuskeln bei der Atmung wichtiger, bei den Männern das Zwerchfell. Die Ausatmungsphase erfolgt normalerweise passiv und wird durch das Erschlaffen der Muskeln, die vorher kontrahiert wurden, bestimmt. In der Folge verringert sich das Fassungsvermögen des Brustkorbes und die Luft kann aus der Lunge entweichen. Die Menge der ein- und ausgeatmeten Luft während eines Atemzuges beträgt ca. 500 ccm, aber sie kann unter bestimmten Bedingungen stark zunehmen. So kann z. B. bei forcierter Einatmung ein Luftvolumen von ca. 2000 bis 3000 ccm (inspiratorisches Reservevolumen) erreicht werden, während bei forcierter Ausatmung ein Luftvolumen von ca. 1000 ccm zusätzlich (exspiratorisches Reservevolumen) ausgeatmet werden kann. Die Summe aus Atemzugvolumen und inspiratorischer als auch exspiratorischer Reserve wird Vitalkapazität genannt und beträgt ca. 4000 – 4500 ccm. Ein Erwachsener macht ca. 16 Atemzüge pro Minute. Bei der Frau sind es etwas weniger und beim Neugeborenen sind es wesentlich mehr, ca. 60 – 70. Die Anzahl steigt bei körperlicher Tätigkeit.

Die Kontrolle über die Atmung erfolgt im Atemzentrum, das im verlängerten Mark liegt (→ 4). Von diesem gehen Nervenimpulse aus, die sich über die Vorderhörner des Rückenmarks ausbreiten und schließlich über die Rückenmarksnerven die Inspirationsmuskeln erreichen, sie zur Kontraktion bringen und so die Inspiration auslösen. Man sieht, daß nur in dieser Phase das Atemzentrum in Aktion tritt, während das Ausatmen ganz einfach durch das verminderte Volumen des Brustkorbes erfolgt. Das Atemzentrum wird durch den Dehnungs- oder Kontraktionszustand der Lunge beeinflußt. Während des Ausatmens gelangen Impulse zum verlängerten Mark, wodurch das Atemzentrum stimuliert wird. Das Atemzentrum wird auch durch den Blut-CO_2-Gehalt reguliert. Im Blut muß ein bestimmter CO_2-Gehalt bestehen, damit das Atemzentrum gut funktionieren kann. Eine Erhöhung der CO_2-Konzentration im Blut erregt das Atemzentrum. Eine CO_2-Konzentration in der Atmosphäre von mehr als 9% blockiert jedoch das Atemzentrum und führt zu Atmungsstörungen.

Sehr wichtig sind auch die sensiblen Rezeptoren für den Sauerstoffabfall im Blut, die das Atemzentrum über Reflexe stimulieren. Ein wichtiger Mechanisums ist jener, der bei jeder Inspiration den Grad der Brustkorbdehnung limitiert. Dafür verantwortlich sind sensible Rezeptoren, die bei einem bestimmten Druck in der Lunge Impulse über den *Nervus vagus* an das Atemzentrum schicken und eine weitere Inspiration verhindern. Es folgt dann das passive Ausatmen.

Der Gasaustausch in den Lungen: Der Durchtritt eines Gases durch eine Membran ist abhängig von ihrer Durchlässigkeit und vom Partialdruck, der von beiden Seiten auf sie ausgeübt wird. Zwei Grenzmembranen, das Alveolar-Deckgewebe und das Kapillar-Endothel, trennen die Alveolarluft vom Blut, das in die Lunge kommt. Ihre Gasdurchlässigkeit ist unter Normalbedingungen ausreichend und es gibt keinen Begrenzungsfaktor für den Gasaustausch. In der Atmosphärenluft mit 1 Atmosphäre Druck beträgt der Sauerstoffpartialdruck 160 mm Hg. Mit dem Eintritt in den Atmungsapparat vermischt sich die Luft mit der bereits in den Atemwegen veränderten. Bis sie in die Lungenbläschen gelangt, beträgt der Partialdruck nur mehr 100 mm Hg. Obwohl die CO_2-Menge in der Atmosphäre unbedeutend ist (Partialdruck = 0,3 mm Hg), beträgt sie durch die Vermischung von Ein- und Ausatmungsluft in den Alveolen 39 mm Hg.

Physiologie der Atmung

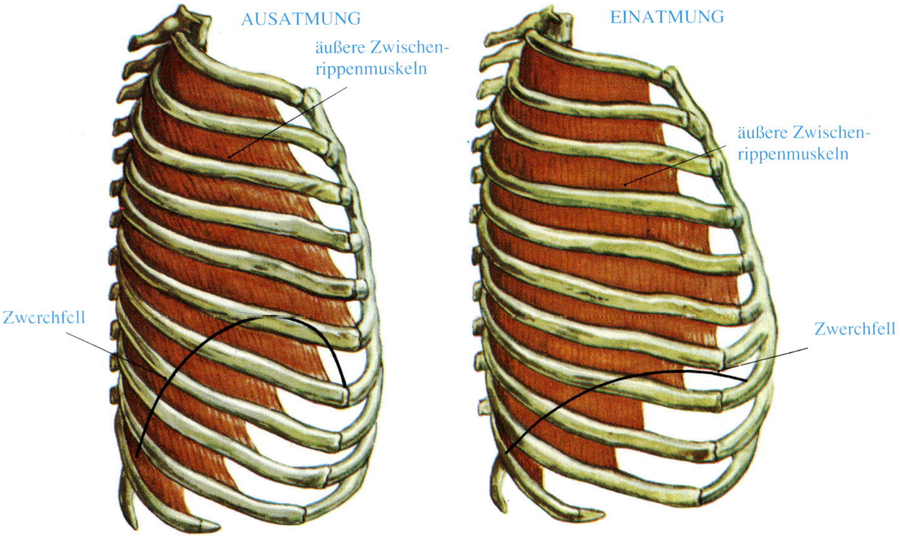

1. Brustatmung

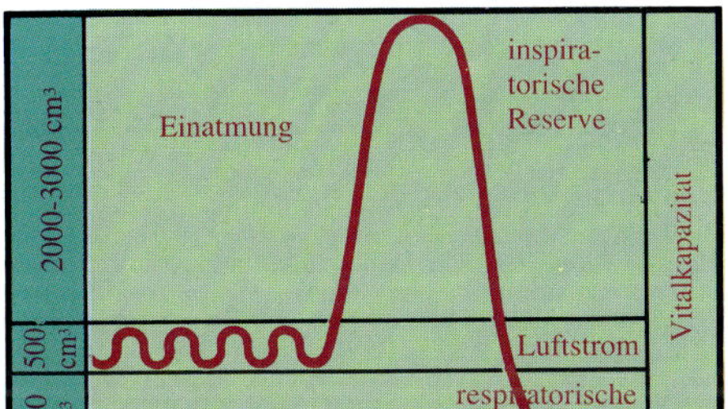

2. Diagramm der ein- und ausgeatmeten Luftmenge während des normalen Atemzuges und während einer verstärkten Ausatmung

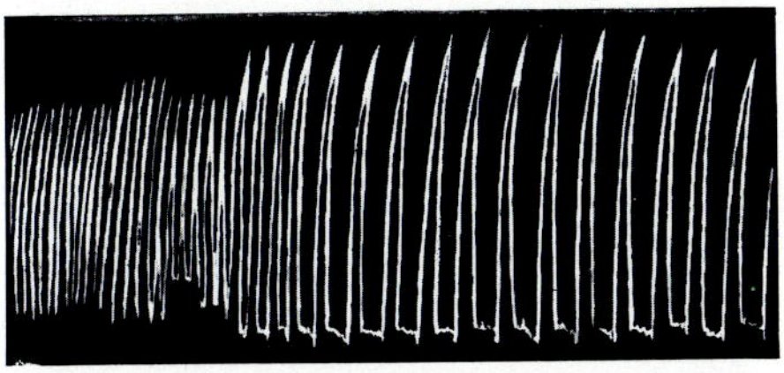

3. Verlauf der Atembewegungen nach Durchtrennung des Vagusnervs: Abnahme der Atemtiefe und -frequenz

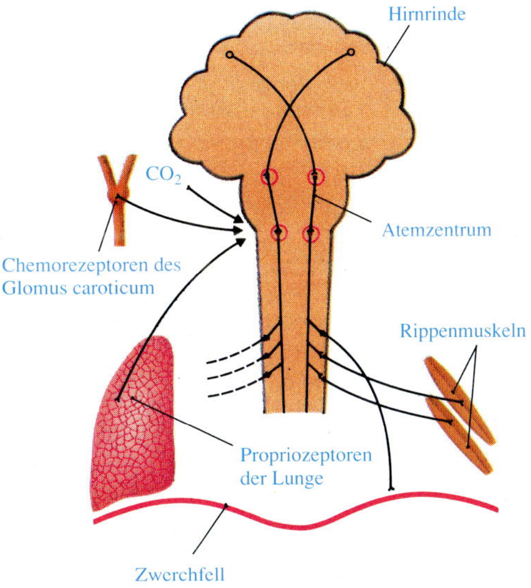

4. Schema der Kontrollpunkte bei einem Atemzug

Das Blut in den Lungenkapillaren ist venös. Es kommt von allen Geweben des Organismus, an die es einen Teil des Sauerstoffes abgegeben hat und ist nun mit CO_2 beladen. Der Druck dieser Gase im Blut variiert je nach Stoffwechselaktivität der Zellen. Die Mittelwerte sind: für Sauerstoff 40 mm Hg, für CO_2 46 mm Hg. In den Lungenbläschen hingegen beträgt der Sauerstoffdruck ca. 100 mm Hg, jener des CO_2 ca. 40 mm Hg. Die Druckdifferenz bestimmt den Übertritt des Sauerstoffs ins Blut und die Elimination des CO_2, das nach außen abgeatmet wird. In den Lungenbläschen stellt sich ein Gleichgewicht her, ohne daß sich die Konzentrationen der beiden Gase verändern. Die gesamte Atmung ist so ausgerichtet, daß die Zusammensetzung der Alveolarluft konstant bleibt. Man muß hinzufügen, daß der Druck des O_2 und des CO_2 im arteriellen Blut gleich jenem der Alveolarluft ist.

Transport des O_2 und CO_2 mit dem Blut:
Die Menge des O_2, die das Blutvolumen binden kann, ist hundertmal höher als jene, die man von der Löslichkeit dieses Gases im Plasma erwarten könnte. Grund dafür ist die besondere Verwandtschaft des Hämoglobins (Hb) mit Sauerstoff. Das Hb ist ein Eiweiß mit einem Molekulargewicht von 67.000. Es kommt in den Erythrozyten vor und verbindet sich reversibel mit dem O_2 zu Oxyhämoglobin (HbO_2). Der Prozentsatz des Hb, das in HbO_2 übergeht, hängt vom Partialdruck des O_2 und dem Blut ab. Die Funktion, die die zwei Variablen verbindet, ist nicht linear, ihre graphische Darstellung ist eine Sigmakurve (→ 3).
Das menschliche Blut hat normal einen Hb-Gehalt von 15 g/100 ml. Da jedes Gramm Hb sich mit 1,34 mg O_2 verbindet, resultiert,daß 100 ml Blut fähig sind, 20 ml O_2 zu transportieren.
Wenn es ein Sauerstoffvolumen von 20% enthält, spricht man von einer 100%igen Sättigung.
Wenn der O_2-Partialdruck in Kontakt mit Blut 100 mm Hg oder mehr beträgt, geht das gesamte Hb in HbO_2 über. Auf diese Art wird das Blut in der Lunge maximal mit O_2 gesättigt. In Gegenwart des CO_2 verschiebt sich die Dissoziationskurve nach rechts, und da die CO_2-Menge in den Lungen und im Gewebe unterschiedlich ist, entspricht keine der Darstellungen in → 2 den physiologischen Bedingungen. Die Normalkurve verläuft von Punkt A zu Punkt B, wodurch der Organismus eine größere Menge O_2 an die Gewebe abgeben kann. Das im Blut gelöste CO_2 bildet mit Wasser H_2CO_3, das zu H+ und HCO_3- dissoziiert.

$$CO_2 + H_2O \rightleftarrows H_2CO_3 \rightleftarrows H^+ + HCO_3^-$$

Die so entstehenden H+ Ionen müssen abgepuffert werden. Ein wesentliches System im Blut ist das Hämoglobin, wobei Hb mehr H^+ Ionen binden kann als HbO_2. Die Abgabe von O_2 im Gewebe fördert die Aufnahme von CO_2, weil das Abpuffern von H^+ Ionen eine Bindung von CO_2 in Form von HCO_3 fördert (→ 2).

Der Gasaustausch

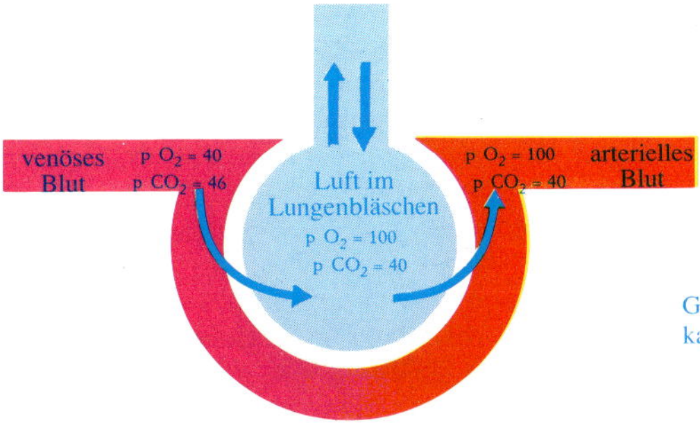

1. Gasaustausch in den Lungenbläschen

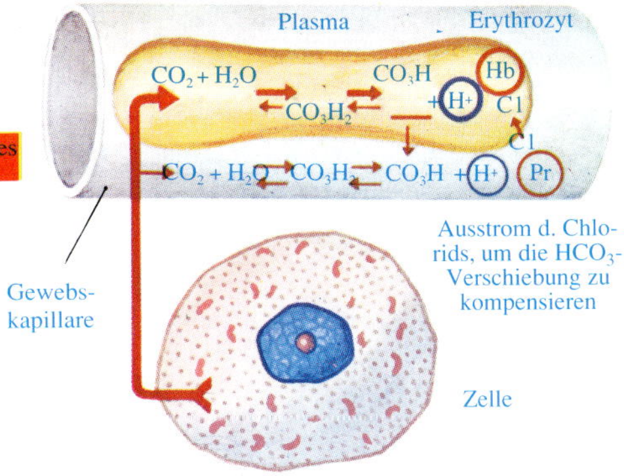

2. CO_2-Transport mit dem Blut

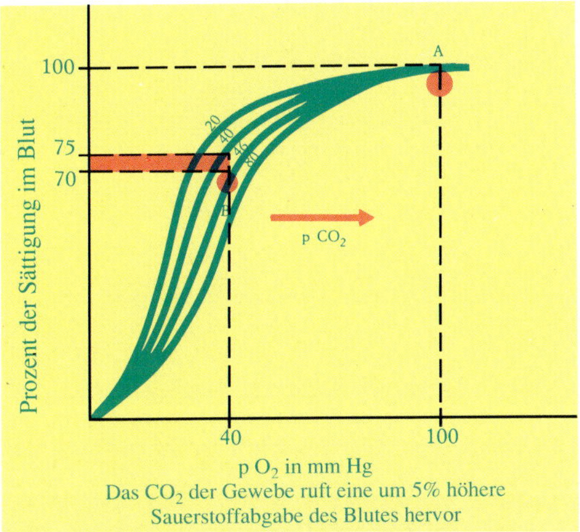

3. Dissoziationskurve des Oxyhämoglobins

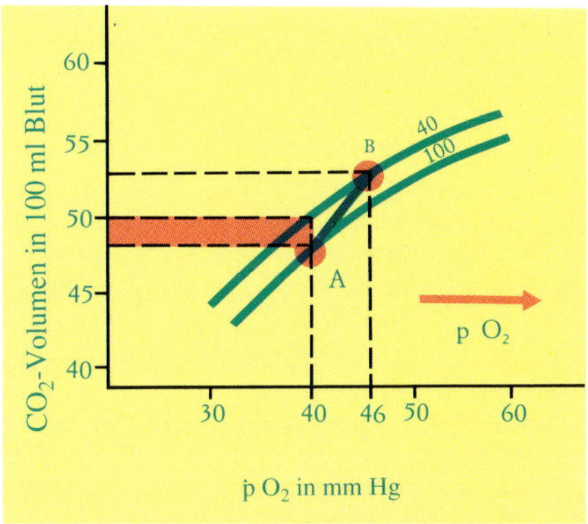

4. CO_2-Abgabe in der Lunge durch den höheren PO_2 (O_2-Partialdruck)

Gas	Luft in der Atmosphäre		Luft in den Lungenbläschen		arterielles Blut	venöses Blut
	%	mm Hg	%	mm Hg	mm Hg	mmHg
O_2	20,94	159,1	14,2	101	100	40
CO_2	0,04	0,3	5,5	39	40	46
N_2	79,02	600,6	80,3	573	573	573
Gesamt	100,00	760,0	100,0	713	713	659

5. Partialdrucke der Atemgase

Die Verdauung

Die für das Wachstum und die Zellerneuerung notwendige Nahrungsaufnahme gliedert sich in mehrere Stufen: Damit die Nahrungsmittel vom Körper aufgenommen werden können, müssen sie eine Reihe von Umwandlungen durchmachen, was man als Verdauung bezeichnet. Diese Umwandlungen erfolgen im Verdauungsapparat, in dem sie durch die Sekretion chemischer Substanzen von Drüsenorganen und der Schleimhaut des Verdauungstraktes in Stoffe übergeführt werden, die der Körper aufnehmen kann. Die Verdauung ist also ein Prozeß der ständigen chemischen Vereinfachung von aufgenommenen Nahrungsmitteln.

Der Verdauungsapparat

Der Verdauungsapparat kann mit einem langen Rohr verglichen werden, dessen einzelne Abschnitte sich in Form, Länge und Volumen unterscheiden (→ 1). Der erste Teil ist der Mund. Er beginnt an den Lippen und endet an der Schlundenge. Der Schlund liegt an der Kreuzung zwischen Verdauungs- und Atmungsapparat. Der nächste Abschnitt ist die Speiseröhre, die den Schlund mit dem Magen, dem weitetesten Teil des Verdauungsapparates, verbindet. Seine Form kann je nach Charaktertyp des Individuums variieren (oft wird er mit einem Dudelsack verglichen). Durch den Pförtner (→ 3), der von zirkulären Muskelfasern gebildet wird, steht der Magen mit dem Darm in Verbindung.
Der Darm gliedert sich in zwei Hauptteile: In den ca. 6,8 m langen Dünndarm und den ca. 1,8 m langen Dickdarm. Der Dünndarm wird wieder unterteilt in Zwölffingerdarm, Leerdarm und Krummdarm. In den Zwölffingerdarm geben zwei wichtige Organe ihr Sekret ab: die Bauchspeicheldrüse und die Leber, aber auch zahlreiche andere Drüsen. Der letzte Anteil des Dünndarms, der Krummdarm, steht über die Bauhinsche Klappe (Ileocoecalklappe) mit dem Dickdarm in Verbindung, der mit dem Blinddarm beginnt. Der Dickdarm zieht an der rechten Bauchseite als *Colon ascendens* (aufsteigender Dickdarm) nach oben, als *Colon transversum* (Querteil des Dickdarms) zieht er von der Leberunterseite nach links, an der linken Bauchseite als *Colon descendens* (absteigender Dickdarm) nach unten. Auf ihn folgt nach einem s-förmigen Dickdarmteil (Sigma) der Mastdarm. Dieser öffnet sich mit dem Afterschließmuskel nach außen.
Die Innenseite des gesamten Darms wird von einer für den Darm ganz spezifischen Schleimhaut gebildet, die zur Nahrungsaufnahme fähig ist. Sie ist gefältet und mit Darmzotten und Klappen ausgestattet. Die wichtigsten Funktionen des Dickdarms sind die Synthese von Vitaminen und Abbau von Nahrungsbestandteilen. Aber die meisten Mikroorganismen der Darmflora sind von größerem pathologischem als physiologischem Interesse. Der Stuhl, der über den After ausgeschieden wird, enthält nicht nur Nahrungsmittelrückstände, sondern vor allem abgeschilferte, überalterte Darmschleimhaut sowie auch Darmbakterien.

Kauen und Schlucken

Das Kauen ist der erste Schritt der Verdauung. Er besteht aus einer mechanischen Zerkleinerung der Nahrungsmittel durch die Zähne und ihrem Durchmischen durch die Zungen- und Wangenbewegungen. Durch den Speichel beginnt schon in der Mundhöhle die Verdauung. Das Kauen wird von Zentren, die in der Schläfenlappenrinde und im verlängerten Mark liegen, gesteuert, die die Kaumuskeln aktivieren. Der Nahrungsmittelabbau beginnt in der Mundhöhle durch Enzyme, die durch chemische Vorgänge die aufzunehmenden Stoffe aus den Nahrungsmitteln herauslösen. Enzyme sind Katalysatoren, die chemische Reaktionen begünstigen und selbst dabei umgewandelt werden. Ein Enzym schaltet sich in ein spezifisches Molekül ein, bricht es, und löst sich schließlich von ihm los, um den Vorgang unbegrenzt wiederholen zu können. Die Enzyme sind nur bei Bedarf wirksam und sind auf einen spezifischen Wirkungsbereich beschränkt: z. B. das Pepsin des Magensaftes spaltet Eiweiße, hat aber keine Wirkung auf

Der Verdauungsapparat

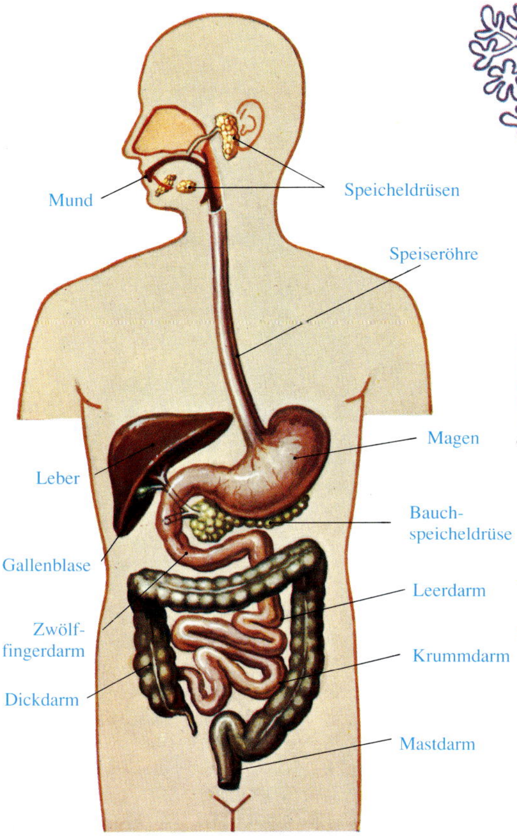

1. Schema des Verdauungsapparates

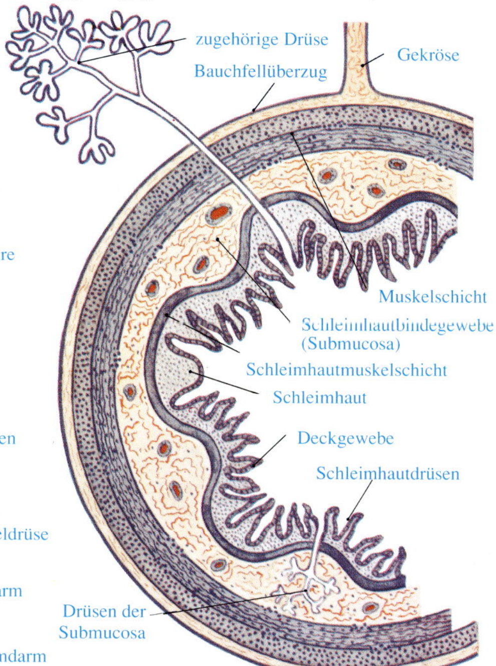

2. Aufbau des Verdauungsapparates

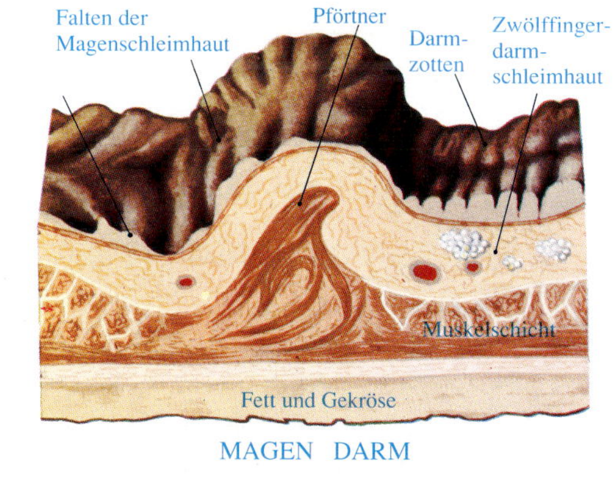

3. Schnitt durch den Pförtner

Saft	Enzyme	Substrat	End-produkte
Speichel	Ptyalin	Stärke	Dextrine, Maltose
Magen-saft	Pepsin	Proteine	Protease, Peptone
	Lab	Caseino-gen	Casein
Bauch-speichel	Trypsin	Proteine	Amino-säuren
	Lipase	Fette	Fettsäuren, Glycerin
	Amylase	Stärke	Maltose
	Di-saccharase	Di-saccharide	Mono-saccharide
Darm-saft	Entero-kinase	Trypsi-nogen	Trypsin
	Peptidase	Polypeptide	Amino-säuren
	Amylase	Stärke	Maltose
	Lipase	Fette	Fettsäuren, Glycerin

4. Tabelle der Verdauungsenzyme

Fette und Kohlenhydrate. Das Lab führt zur Gerinnung des Caseins der Milch, die Maltase spaltet Maltose, nicht aber Saccharose etc. Schon im 18. Jahrhundert hat Lazzaro Spallanzani die Wichtigkeit dieser Substanzen durch seine Experimente bestätigt.
Mit der Mundhöhle stehen zahlreiche Drüsen in Verbindung (→ 1): die paarige Ohrspeicheldrüse, die Unterzungenspeicheldrüse, die Unterkieferspeicheldrüsen. Diese produzieren den Speichel, der hauptsächlich aus Wasser (98,7%) besteht, sowie aus anorganischen (0,8%) und organischen Substanzen (0,5%). Unter den anorganischen Substanzen ist das Chlorid, der Aktivator der Amylase. Die Bicarbonate und das Phosphat bilden ein Puffersystem, das den pH-Wert des Speichels nahezu neutral hält. Zu den organischen Bestandteilen gehört der Schleim und zahlreiche Enzyme, von denen das Ptyalin das wichtigste ist. Es spaltet die Stärke in Dextrose und Maltose. Die Tätigkeit des Ptyalins vollzieht sich in einem nahezu neutralen pH-Bereich. Der Speichel begünstigt das Kauen, die Beschaffenheit des Speisebreis, das Schlucken und durch den Schleim die Schmierung der Speiseröhre. Er scheint auch den Geschmack zu begünstigen und eine Schutzwirkung auf die Zähne auszuüben.
Der Speichel wird kontinuierlich gebildet, aber die Menge variiert. Sie wird sowohl durch den Nahrungsmittelkontakt mit der Schleimhaut als auch durch die Nahrungsbeschaffenheit selbst bestimmt. Man hat festgestellt, daß jene Substanzen die einen geringeren Wassergehalt haben, oder weniger gut schmecken, ein längeres Kauen erfordern, um eine ausreichende Speichelbildung zu produzieren. Unter Normalbedingungen wird die Speichelsekretion über einen Reflexmechanismus reguliert, der seinen Anfang in den Geschmackspapillen nimmt. Die Nervenreize, die von den Rezeptoren kommen, erreichen das verlängerte Mark, wo sich die Zentren der Speichelabsonderung befinden: Diese senden ihrerseits Impulse über das parasympathische System zu den Drüsen. Die Speicheldrüsen werden von Fasern des Parasympathicus und des Sympathicus versorgt, die die Speichelbildung stimulieren.
Schließlich wird die Speichelabsonderung auch durch visuelle Eindrücke und Gerüche stimuliert, sowie von Gedanken, die mit Nahrungsaufnahme verbunden sind. Die Flüssigkeit, die sie absondern, ist nicht in allen gleich. Das Sekret der Ohrspeicheldrüse ist sehr flüssig und beinhaltet Ptyalin. Jenes der Unterzungenspeicheldrüsen ist durch den hohen Schleimgehalt sehr zäh und ohne Ptyalin, jenes der Unterzungendrüsen vom gemischten Typ enthält sowohl Ptyalin als auch Schleim. Die Ohrspeicheldrüsen ergießen ihr Sekret in der Nähe des zweiten oberen Backenzahnes. Die Unterzungendrüsen werden je von einer Gruppe von 15 – 30 Drüschen gebildet, und jede dieser Gruppen besitzt einen eigenen Ausführungsgang. Die Unterkieferdrüsen öffen sich auf den Seiten des Zungenbändchens durch den Whartonschen Gang.
Die gekauten und eingespeichelten Nahrungsmittel bilden ein Gemisch, das man Speisebrei nennt. In diesem Zustand gelangt der Speisebrei durch das Schlucken in den Schlund. Von diesem Moment an ist sein Weg durch den Verdauungsapparat nicht mehr willkürlich gesteuert, sondern durch eine Reihe von Reflexen, die vom Zentrum des verlängerten Marks reguliert werden. Durch den Speisebrei im Schlund kommt es zum Kontrahieren seiner Muskulatur, zum Heben des Gaumenzäpfchens, das so den Weg zur Nase versperrt. Das Senken des Kehldeckels und das Heben des Zungenbeins im richtigen Moment verhindern den Übertritt von festen oder flüssigen Stoffen in den Kehlkopf. Zugleich wird die Atmung unterbrochen (Atemstillstand durch Schlucken) und der Speisebrei gelangt in die Speiseröhre. Dort wird er durch die Speiseröhrenmuskulatur weiterbefördert. Die Kontraktionen manifestieren sich als langsame Wellen: Das heißt, daß während sich der erste Anteil kontrahiert, der nächste erschlafft, danach kontrahiert sich dieser usw.
Den Komplex des Kontrahierens und Erschlaffens nennt man Peristaltik. Diese Welle setzt sich über den gesamten Verdauungstrakt fort.
Der Speisebrei gelangt von der Speiseröhre durch den Mageneingang in den Magen. Die

Kauen und Schlucken

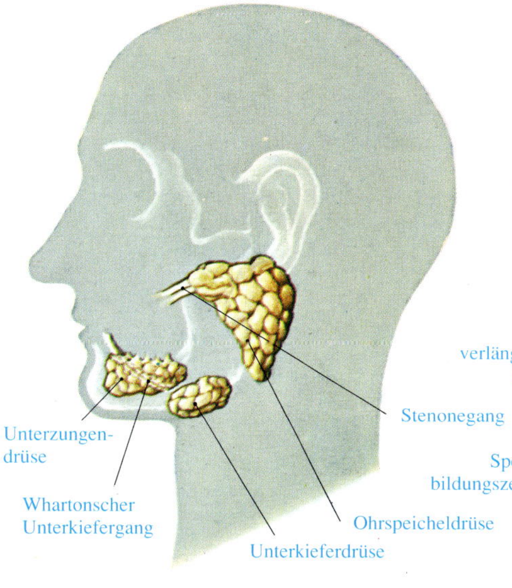

1. Speicheldrüsen

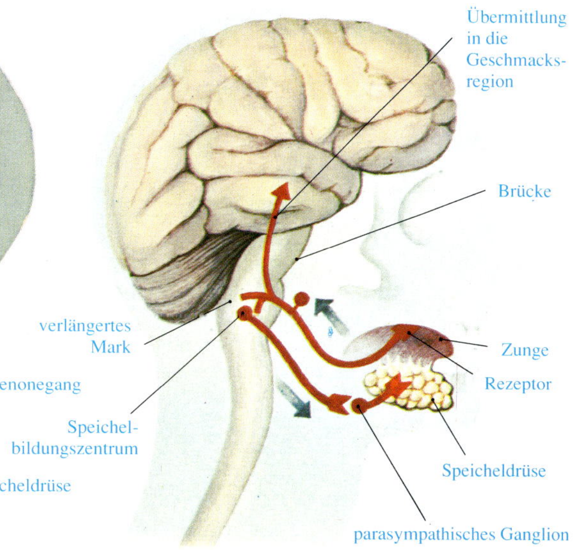

2. Speichelreflex

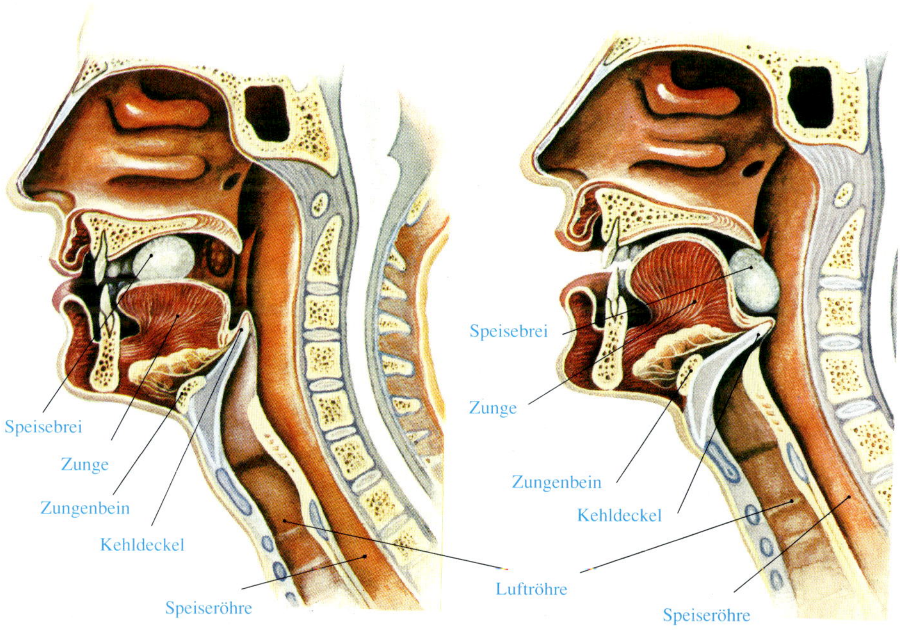

3. Der Schluckakt

peristaltische Welle verlangsamt sich, der Schließmuskel des Mageneingangs erschlafft.

Die Verdauung im Magen

Ihre Dauer richtet sich nach der Qualität und der Menge der Nahrung. Die Fette z. B. verzögern die Produktion von Magensaft und führen zu einer langsameren Verdauung. Bei einer mittleren Mahlzeit vergehen ca. 3 – 4 Stunden, bis die Nahrungsmittel durch intensive mechanische und chemische Aktivität zersetzt werden. Die peristaltischen Kontraktionen der Muskulatur, die während der Verweildauer der Nahrung im Magen ablaufen, führen zur Durchmischung und Entleerung. Aber man kann auch trotz leeren Magens intensive Kontraktionen haben, und zwar dann wenn man hungrig ist.

Die Wände des Magens bestehen aus mehreren Schichten, von denen vor allem die Muskelschicht und die Schleimhaut zu erwähnen sind.

Die erste wird von drei verschiedenen Fasernschichten gebildet: außen längsverlaufende, ganz innen zirkuläre. Die letztere kleidet die Magenhöhle aus. Millionen einfache und verzweigte Drüsen liegen in der Schleimhaut des Magengrundes und münden in die Magenhöhle (→ 3). Im Magengrund unterscheidet man zwei Zelltypen: Die Hauptzellen, die ein Proenzym, das Pepsinogen, bilden und über diesen die Belegzellen, die unregelmäßg verteilt sind und die Salzsäure bilden.

Die am Pförtner gelegenen Drüsen unterscheiden sich von jenen des Magengrundes durch die Schlängelung der Ausführungsgänge. Der Magensaft ist eine Mischung verschiedener Substanzen, die von den einzelnen Drüsen und vom eigentlichen schleimbildenden Deckgewebe gebildet werden. Die Hauptbestandteile des Magensaftes, der wie Wasser aussieht, sind Salzsäure und Pepsin, jenes Enzym, durch das die großen unlöslichen Eiweißmoleküle in lösliche, die Peptide, umgewandelt werden. Das Pepsin wird aus einem inaktiven Proenzym, dem Pepsinogen, gebildet, das durch die Salzsäure aktiviert wird. Einmal gebildet, aktiviert das Pepsin selbst das Pepsinogen.

Die Salzsäure hat außerdem eine antiseptische Eigenschaft. Sie tötet die mit der Nahrung aufgenommenen Keime ab. Im Magensaft der Säuglinge befindet sich ein spezielles Enzym, das dem Labferment des Kälbermagens sehr ähnlich ist, wodurch die Milch gerinnt. Dadurch verweilt die geronnene Milch länger im Magen und kann vom Pepsin besser gespalten werden. Im Magensaft sind auch Lipasen, die jedoch eine nur auf die Fettverdauung beschränkte Wirkung haben, und Schleim, der außer der Gleitfunktion auch eine Schutzwirkung für die Magenschleimhaut vor Salzsäure, die den Magen selbst verdauen könnte, ausübt.

Die Magensaftproduktion findet nicht kontinuierlich statt, sondern beginnt mit der Nahrungsaufnahme. Dafür ist der Vagusnerv verantwortlich (Seite 35 → 4). Dieser reguliert auch jene Sekretion, die durch das Sehen oder Riechen von Nahrung ausgelöst wird, oder durch Appetit. Wenn die Nahrung in den Magen gelangt, wird die Sekretion durch das Hormon Gastrin stimuliert, das von der Pförtnerschleimhaut freigesetzt wird, wenn diese mit dem Speisebrei in Kontakt kommt. Am Ende der Magenverdauung hat der Speisebrei ein weißliches, sehr flüssiges Aussehen, wird Chylus genannt und gelangt als Folge einer intensiveren Peristaltik und durch das Öffnen des Pförtners (der während der Verdauung geschlossen ist), in den Zwölffingerdarm. Der Pförtner wird durch einen Reflex wieder geschlossen.

Die Verdauung im Dünndarm
Die Funktion des Dickdarms

Der Verdauungsvorgang im Magen erlaubt eine unkomplette Spaltung einiger Eiweißsubstanzen in Peptide, die Auflösung von Fetten, die Milchgerinnung (durch die Umwandlung von Caseinogen in Casein). Im Dünndarm wird die Nahrung zu Ende verdaut, da sich dort alle Enzyme befinden, die fähig sind, auf alle Nahrungsbestandteile zu wirken. Diese kommen, außer von der Darmsekretion, auch von der Bauchspeicheldrüse und von der Leber, deren Produkte über eigene Ausführungsgänge in den Zwölffingerdarm gelangen. Wie schon

Verdauung im Magen

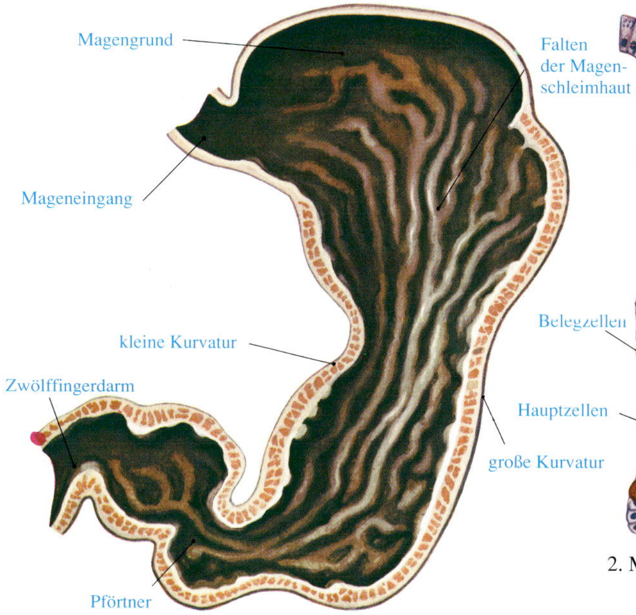

1. Längsschnitt des Magens

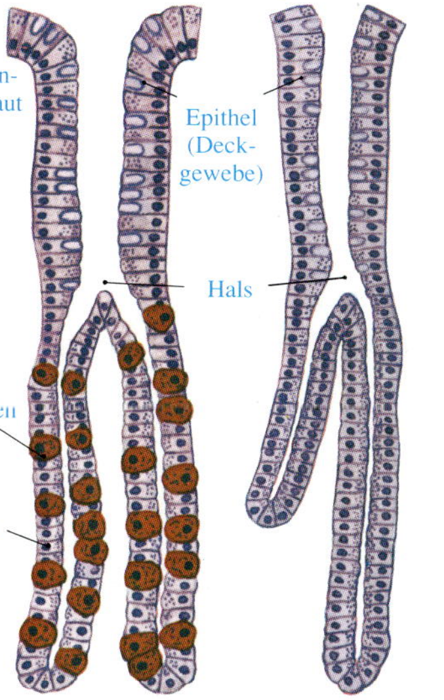

2. Magendrüsen (li. im Magengrund, re. im Pförtner)

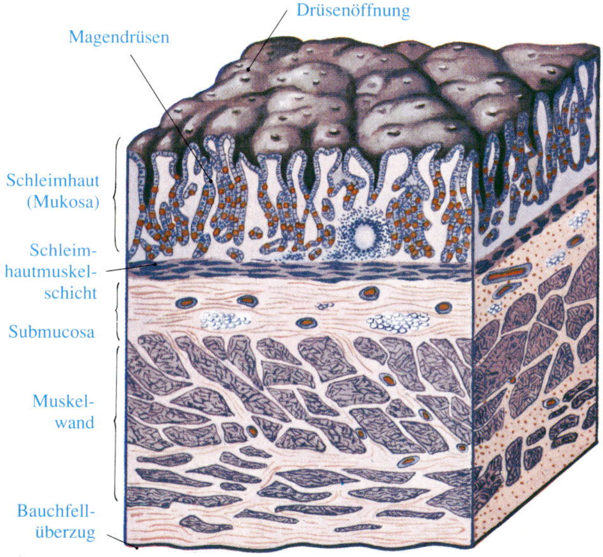

3. Dreidimensionale Darstellung eines Magenfragmentes

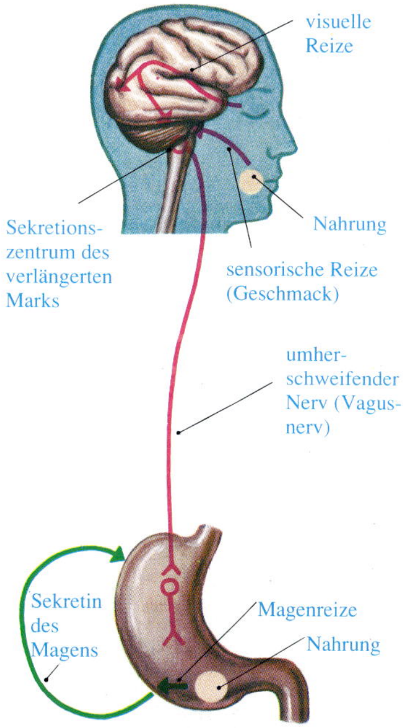

4. Bildung des Magensaftes

gesagt, sieht die Innenseite der Darmwand durch die Schleimhautfältelung und durch die Darmzotten faltig aus. Die Dichte der Darmzotten nimmt mit größerem Abstand vom Pförtner mehr und mehr zu und erreicht ihr Maximum im Krummdarm, dem letzten Abschnitt des Dünndarms, wo man bis zu 1000/cm² zählen kann (die Zotten fehlen hingegen im Dickdarm). Jede Zotte wird von einer Deckgewebszellschicht gebildet und von einem Netzgewebe, das kontraktile Elemente mit Blut-, Lymphgefäßen und Nervenfasern enthält (Seite 39 → 1, 2). Die Schleimhaut des Dünndarms (im Zwölffingerdarm auch mit Brunnerschen Drüsen, die Schleim produzieren, versehen) enthält zahlreiche röhrenförmige Drüsen, die Galeazzi-Lieberkühnschen Drüsen, die den Darmsaft produzieren. Der Darmsaft ist alkalisch und enthält nicht nur eine große Menge Schleim, sondern auch zahlreiche Enzyme, die zur vollständigen Auflösung der Nahrungsmittel führen. Unter den Enzymen ist vor allem die Enterokinase zu erwähnen, die das Trypsinogen (der Bauchspeicheldrüse) in Trypsin umwandelt, das einerseits die Aktivierung der anderen Bauchspeicheldrüsen Proenzyme katalysiert, und zwar: die Endopeptidase, die die Eiweißverbindungen in ihre Moleküle spaltet, Exopeptidase für die äußeren Verbindungen, Nuclease für die Aminosäuren. Die Zwölffingerdarmschleimhaut produziert durch Kontakt mit Speisebrei auch Hormone. Die wichtigsten sind: Das Sekretin, das die Sekretion von Bicarbonat und Wasser in der Bauchspeicheldrüse stimuliert und die Sekretion des Gastrins im Magen hemmt (kein Schutz mehr); das Pankreozymin-Cholecystochinin, das die Sekretion der Enzyme in der Bauchspeicheldrüse die Kontraktion der Gallenblase (die Galle in den Zwölffingerdarm entleert) und die Darmmotilität stimuliert. Zu erwähnen sind schließlich auch jene Fermente der Zellen in den Zotten, die die Disaccharide spalten: die Lactose in Glucose und Galactose, die Maltose in zwei Moleküle der Glucose, die Saccharose in Glucose und Fructose.

Wie man sieht, gibt es viele Prozesse, die innerhalb kurzer Zeit ablaufen und die sich untereinander kreuzen. Der Einfachheit halber werden sie getrennt beschrieben. Der Speisebrei vermischt sich außer mit Darmsaft auch mit jenem der Bauchspeicheldrüse und gelangt über einen Ausführungsgang (Wirsung-Gang) und den akzessorischen Santorinischen Gang in den Zwölffingerdarm. Die Sekretion der Bauchspeicheldrüse wird über Nerven und durch zwei Hormone geregelt: Dem Sekretin (eines der ersten Hormone, die entdeckt und identifiziert wurden) und das Pankreozymin-Cholecystochinin, das von der Zwölffingerdarmschleimhaut produziert und immer dann frei wird, wenn durch einen sauren Speisebrei ein saures Milieu entsteht. Im Bauchspeicheldrüsensaft gibt es drei wichtige Enzyme, das schon erwähnte Trypsinogen, das von der Enterokinase zum Trypsin aktiviert wird und auf Eiweiß und seine Peptone wirkt und diese zusammen mit den schon erwähnten Enzymen in Aminosäuren umwandelt: Amylase, die die vom Ptyalin nicht angegriffene Stärke in Disaccharide umwandelt und die Lipase, die die neutralen Fette in ihre Komponenten spaltet (Fettsäuren und Glycerin).

Die Aktivität der Lipase wird durch Gallensalze bewerkstelligt: Die neutralen Fettsäuren verbinden sich mit Gallensalzen zu Mizellen, einer Art Fett-Wasser-Gemisch, in welches die Bauchspeicheldrüsenlipase eingreifen kann. Die Wirkung all dieser Enzyme wird durch Pendelbewegungen des Darmes begünstigt. Diese Bewegungen führen zu einem kontinuierlichen Vermischen des Darminhalts, nicht aber zu dessen Beförderung.

Das Eingreifen der Galle, die ständig in der Leber abgesondert wird, vervollständigt die Übersicht der Verdauung im Dünndarm. Der größte Teil der Galle, ca. 1 Liter in 24 Stunden, kommt in die Gallenblase. Dort unterziehen sich auch die Substanzen, die sie zusammensetzen (Wasser, Gallepigmente, wie z. B. das Bilirubin, ein Zwischenprodukt des Hämoglobinstoffwechsels, Gallensalze, die Natriumsalze der Gallensäuren, Fermente und Fettsubstanzen), einem Konzentrationsprozeß. Der Übertritt der Galle in den Zwölffingerdarm durch den Lebergang erfolgt hingegen intermittierend und nur während der Verdauung im Darm. Wie die Bauchspeicheldrüsensekretion, so wird auch jene der Galle durch Pankreozymin-

Verdauung im Darm

1. Querfalten der Darmwand

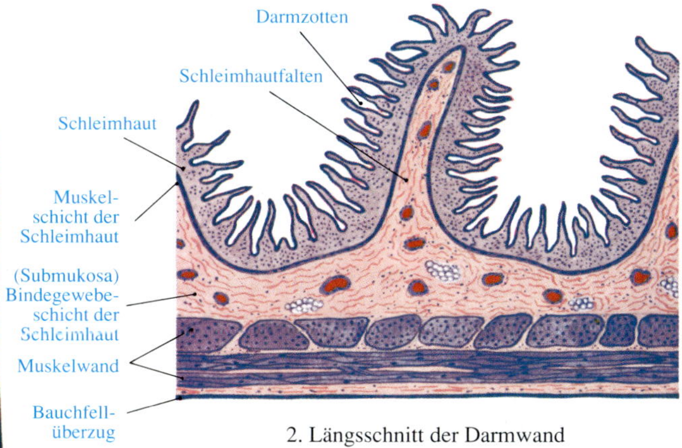

2. Längsschnitt der Darmwand

3. Dreidimensionale Darstellung eines Zwölffingerdarmfragmentes

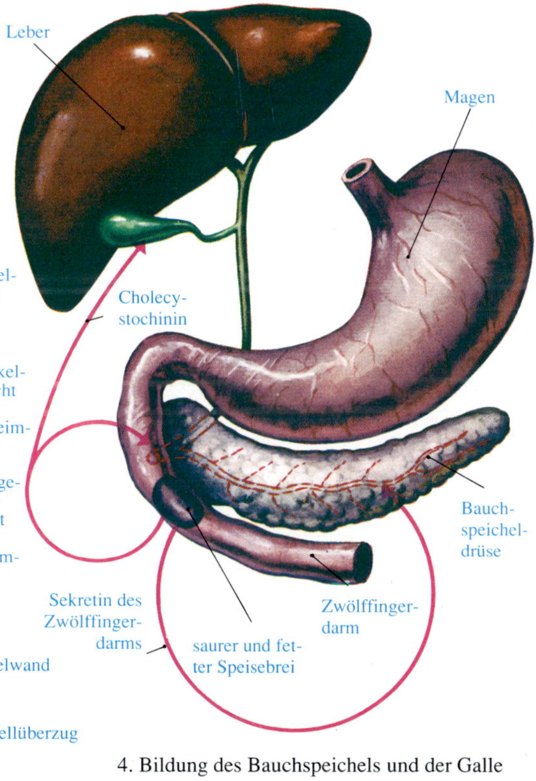

4. Bildung des Bauchspeichels und der Galle

Cholecystochinin des Zwölffingerdarms stimuliert. Die Galle regt die Verdauungstätigkeit des Bauchspeicheldrüsensekrets an, aktiviert die Bauchspeicheldrüsenlipase, neutralisiert die Tätigkeit des sauren Speisebreis. Sie erleichtert die Aufnahme von Fetten, indem sie die Formation der Mizellen, die von der Bauchspeicheldrüsenlipase angegriffen werden, verändert, regt die Darmtätigkeit an und wirkt antispetisch.

Nachdem sich der Darminhalt allen besprochenen Veränderungen unterzogen hat, wird er Chylus (milchige Flüssigkeit) genannt. Der Dünndarm hat nicht nur Verdauungsfunktion, sondern erfüllt auch eine andere wichtige Aufgabe: die Absorption. Die Absorption, wird nicht nur durch physikalisch-chemische Gesetze geregelt, sondern auch durch die Lebensaktivität und Selektivität des Absorptionsepithels, das im Dünndarm nur in den Darmzotten anzutreffen ist. Mit rhythmischen Pendelbewegungen bestimmen diese die Passage des Speisebreis in die Gefäße, die als Transportmittel dienen.

Über die Blutgefäße werden die Aminosäuren, die Monosaccharide, das Glycerin und die Vitamine aufgenommen, das Wasser und die Mineralsalze, die somit über die Gekrösevenen in den Blutkreislauf gelangen. Aus ihnen geht die Pfortader hervor, die in die Leber führt, wo sie sich in zahlreiche Äste aufteilt und als Lebervenen austritt. Diese bilden die untere Hohlvene. Die Fettsubstanzen, hauptsächlich Fettsäuren, werden von den Lymphgefäßen aufgenommen, gelangen in die Pecqetsche Zysterne und von dort in den Hauptlymphgang, der in die linke Schlüsselbeinvene mündet, und schließlich auch in den Blutkreislauf. Nach und nach verarmt der Darminhalt an nützlichen Substanzen, bekommt feste Konsistenz und gelangt durch die Peristaltik in den Dickdarm. In diesem Teil des Verdauungsapparates ist die Aufnahme gleich Null, da die Schleimhaut hier keine Enzyme produziert.

Es laufen jedoch fermentative und Fäulnisprozesse durch die dort vorhandene Bakterienflora ab. Im Dickdarm kommt es außerdem durch Wasserentzug zur Eindickung des Darminhaltes, der auch abgeschilferte Darmepithelien enthält (Kot).

Die Leber

Die Leber hat nicht nur die Aufgabe Galle zu produzieren, dies ist nur eine der wichtigsten. Sie ist ein großes wichtiges Organ mit einem Gewicht von 1500 g, liegt im rechten Oberbauch (S. 41 → 1). In ihr finden die meisten Umwandlungen der vom Darm aufgenommenen und über die Pfortader zu ihr geführten Substanzen statt. Die hauptsächlichen Leberfunktionen sind:

A Produktion der für die Bildung der Eiweiße wesentlichen Aminosäuren (Zytoplasma der Zellen, Eiweiß des Plasmas, etc.).

B Albuminsynthese (das wichtigste Eiweiß des Plasmas, etc.).

C Globulinsynthese (Faktor der Koagulation, Enzyme, etc.).

D Glykogensynthese (Speichermaterial der Glucose).

E Für Stoffwechsel der Glucose und der Fette.

F Zerstörung oder Inaktivierung giftiger aufgenommener oder im Körper gebildeter Stoffe.

G Cholesterinsynthese, aus welcher die Gallensäuren und -salze entstehen und die Bilirubinproduktion: Letztere stellen die zwei wichtigsten Komponenten der Galle dar.

Der Stoffwechsel

Der Stoffwechsel besteht aus chemischen und biologischen Transformationen, die sich im Organismus abspielen und das Ablaufen der Lebensprozesse erlauben. Die ständige Umwandlung von Nahrungsmitteln in organische Substanzen oder Substanzen, durch deren Verbrennung Energie gewonnen werden kann, bildet die anabole oder Aufbauphase des Metabolismus. Der sukzessive Abbau dieser Substanzen (Harnausscheidung, Schweiß, Abatmung des CO_2, etc.) nennt sich katabole Phase des Metabolismus. In der Jugend überwiegt die anabole Phase. Im Erwachsenenalter hingegen besteht ein Gleichgewicht zwischen beiden Phasen. Nicht alle der komplizierten chemischen Reaktionen, die den Metabolismus bilden, können im Labor nachgeahmt werden. z. B.

Aufnahmefähigkeit und Stoffwechsel

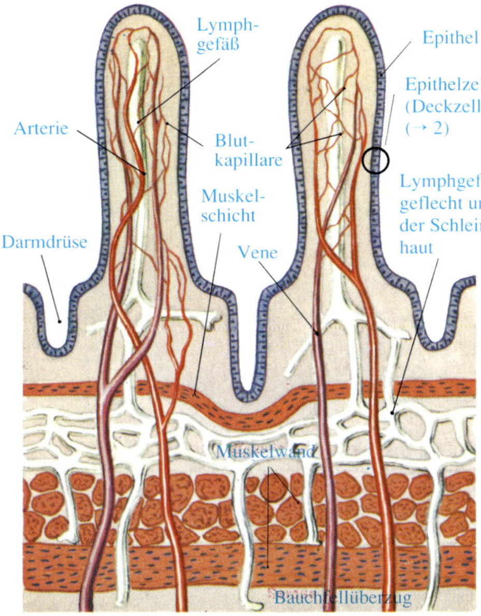

1. Struktur der Darmzotten

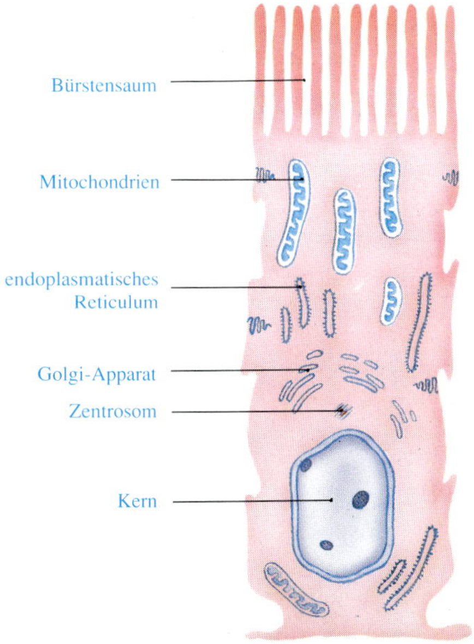

2. Elektronenmikroskopische Darstellung einer Epithelzelle des Dünndarms

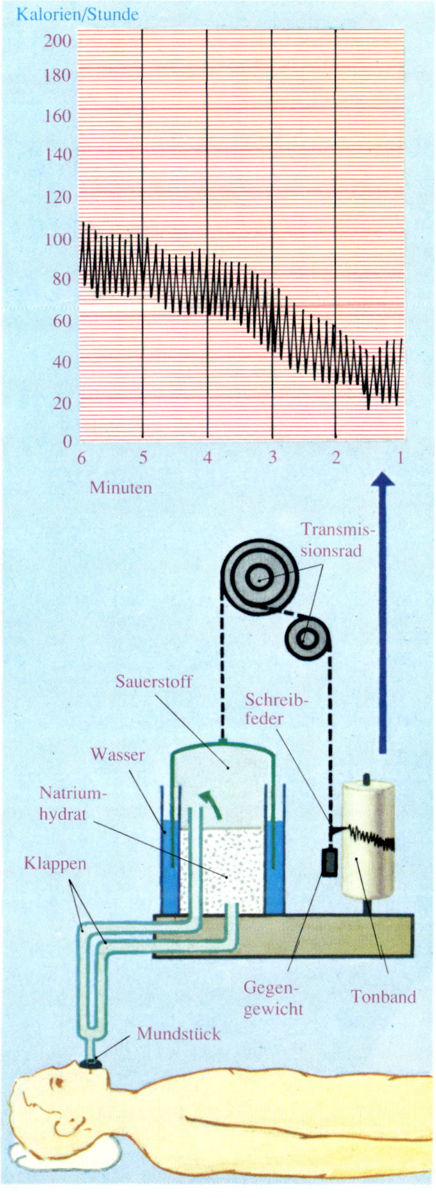

3. Apparatur zum Bestimmen des Grundumsatzes (das Tonband verwandelt den Sauerstoffverbrauch in Kalorien pro Stunde)

kann man erst seit kurzem die Eiweißsynthese sehr langer Ketten nachvollziehen. All diese Reaktionen sind durch das Einwirken unzähliger Fermente, von denen man ca. 25.000 kennt, (viele andere sind noch zu erforschen) möglich, die ihrerseits nur unter bestimmten Gegebenheiten wirksam sind (Katalysatoren, Säure der Umgebung etc.).
Ein normaler Stoffwechsel garantiert dem menschlichen Organismus Konstanz (Homöostase) der physikalisch-chemischen Bedingungen seiner Bestandteile, wie die chemische Zusammensetzung der inneren Flüssigkeit, die Temperatur etc.
Die minimale Menge an Energie, die nötig ist, um die Funktion des Organismus aufrechtzuerhalten, z. B. das Konstanthalten der Temperatur, die Herzaktivität, das Atmen, Synthetisieren verschiedener chemischer Substanzen etc. nennt man Grundumsatz. Um diesen Bedarf zu bestimmen, bedient man sich einer speziellen Apparatur (Seite 39 → 3).
Auf Grund des Sauerstoffkonsums und Normwerten, die Aufschluß über Alter und Körperoberfläche geben, berechnet man den energetischen Bedarf eines Individuums in einer bestimmten Zeit. Der Metabolismus wird auch durch die Schilddrüsenaktivität beeinflußt.

Die Leber

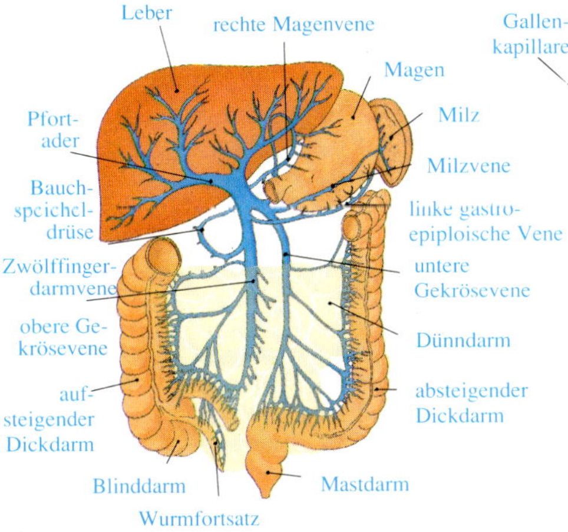

1. Schema des Pfortaderkreislaufs

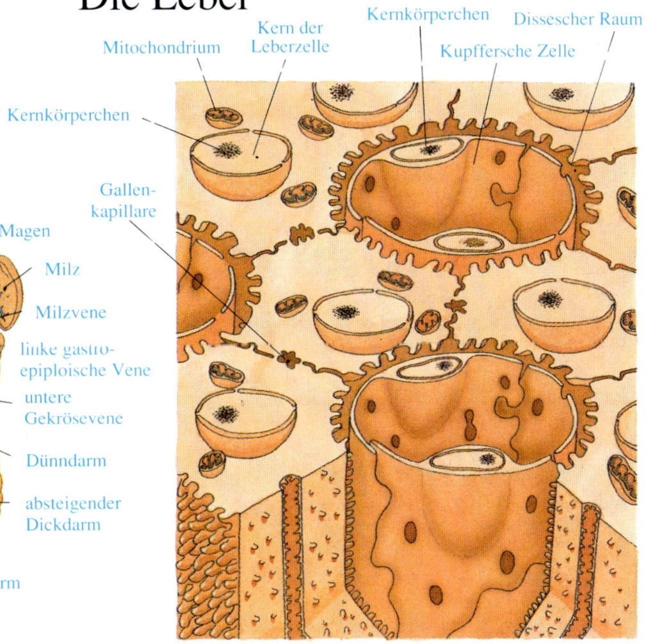

2. Feinstruktur der Leber

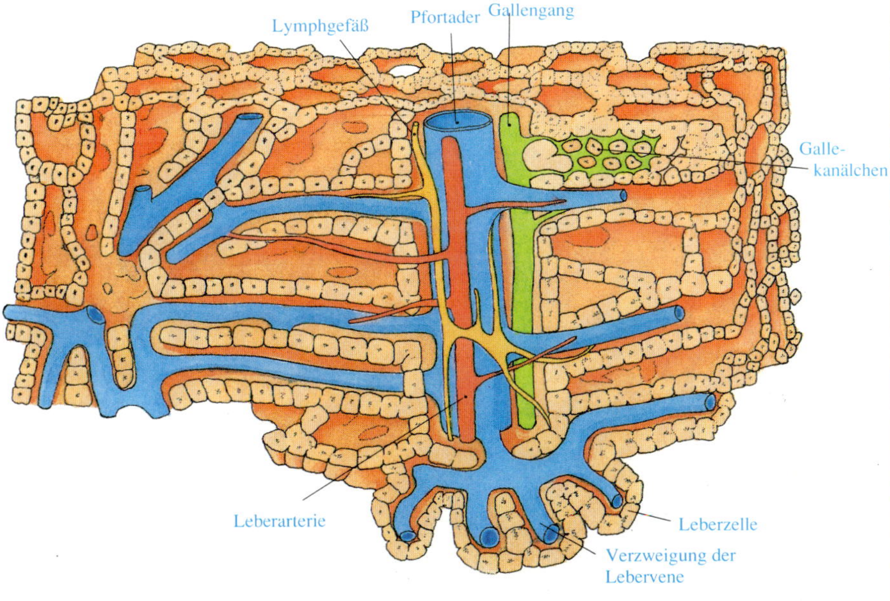

3. Makroskopische Struktur der Leber und ihrer verschiedenen Komponenten

Die Ausscheidung

Der Harnausscheidungsapparat

In den vorigen Kapiteln haben wir gesehen, wie durch die Ernährung die Zellen mit zahlreichen chemischen Substanzen versorgt werden. Sie verwerten, assimilieren und synthetisieren sie durch eigene chemische Transformationsvorgänge. Die organischen Bestandteile, wie Eiweiße, Zucker und Fette werden mit den entstandenen Resten von nicht nur nutzlosen, sondern häufig auch schädlichen Stoffen gelöst. Durch ein Netz aus kleinen Kanälchen gelangen diese Substanzen ins Blut, mit diesen zu den Ausscheidungsorganen, die dafür vorgesehen sind, sie zu filtern und Harn oder Schweiß zu bilden. Ein wichtiges Ausscheidungsorgan ist die Lunge, die für die Elimination des CO_2, einem gasförmigen Stoffwechselprodukt, verantwortlich ist. Andere Stoffwechselprodukte, wie die Gallepigmente, die beim Hämoglobinabbau entstehen, werden über den Verdauungsapparat ausgeschieden, wiederum andere über die Poren der Haut.
Aber das Ausscheidungsorgan schlechthin ist die Niere. Sie reguliert auch den Säurebasenhaushalt und die Elektrolytzusammensetzung der Körperflüssigkeiten, die in einem bestimmten Bereich gehalten werden müssen. Elektrolyte sind lösliche Salze der Ionen, die an vielen chemischen Prozessen beteiligt sind, die im Organismus ablaufen. Eines der wichtigsten und bekanntesten Elektrolyte ist das Natrium, ein Bestandteil des gewöhnlichen Kochsalzes. Wenn die Niere nicht auf das Elektrolytgleichgewicht achtet, kann es zur Flüssigkeitseinlagerung in den Geweben kommen (z. B. bei exzessiver Salzaufnahme) oder zum Wasserentzug durch großen Salzverlust (z. B. durch starkes Schwitzen bei hohem Fieber).

Aufbau der Nieren: Die Nieren sind symmetrische bohnenförmige Organe, liegen in der Tiefe des Bauches an beiden Seiten der Wirbelsäule und ihre Blutversorgung erfolgt über die Nierenarterie, die sich beim Eintritt in die Niere bis zu Kapillaren aufzweigt und im venösen System bis zur Nierenvene sammelt. Das arterielle Blut durchfließt in der Rinde gelegene kleine spezifische Körperchen, die sogenannten Nierenkörperchen, die für die Produktion von Harn nötig sind. Ein solches Körperchen besteht aus einem Gefäßknäuel, das von der Bowmanschen Kapsel, einer doppelwandigen Membran, umgeben ist. In dieses Knäuel führt eine zuführende Arteriole, *Vas afferens*. Eine Arteriole, *Vas efferens*, führt das Blut nach der Filtration wieder weg. Von der Bowmanschen Kapsel gehen die langen Nierenkanälchen aus, bei denen man drei Teile unterscheidet: das gewundene proximale Konvolut, die Henlesche Schleife und das gewundene distale Konvolut. Die Henlesche Schleife ist der feinste Teil und hat die Form eines U. Die Bowmansche Kapsel und das Nierenkanälchen bilden eine morphologische Einheit, das Nephron (→ 2).
Man nimmt an, daß in jeder Niere annähernd 1 Million Nephrone liegen. Die feinen gewundenen Kanälchen münden in die Sammelrohre, welche sich zu immer größer werdenden Kanälen vereinigen und die sogenannten Nierenpyramiden bilden. Die Kanäle jeder Pyramide vereinen sich im Papillengang oder Bellinischen Kanal, der seinen Inhalt in das Nierenbecken entleert (→ 3).
Das in der Bowmanschen Kapsel eingeschlossene Nierenkörperchen trägt den Namen Malpighisches Körperchen (→ 4). Zwei Zellschichten trennen das Blut vom Innenraum der Nierenkanälchen: Das Kapillarendothel einerseits und die innere Membran der Bowmanschen Kapsel, die das Gefäßkonvolut netzförmig umgibt, andererseits. Durch diese doppelte Schicht sickern bestimmte Blutplasmabestandteile durch und bilden den Harn.

Vom Nierenbecken geht der Harnleiter ab, ein weites Rohr aus glatter Muskulatur und Schleimepithel, das die Niere mit der Harnblase verbindet, die im Becken liegt. Die peristaltischen Kontraktionen der Harnleiter begünstigen die Harnpassage vom Nierenbecken in die Harnblase. Diese ist ein mit Schleimhaut ausgekleidetes, sehr elastisches, muskuläres Hohlorgan, das als Reservoir fungiert. Unter Normalbedingungen nimmt

Der Harnausscheidungsapparat

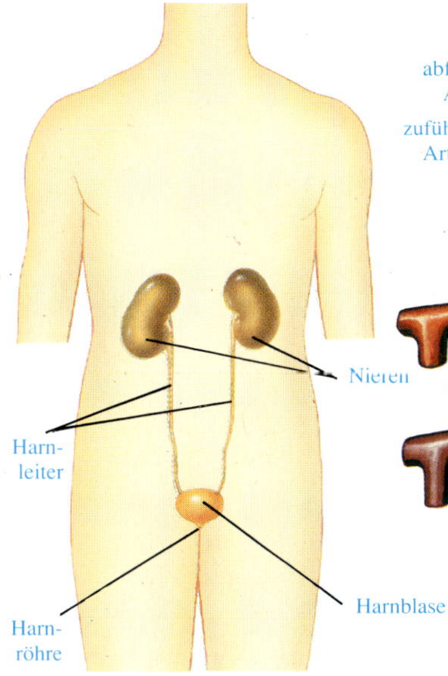

1. Die Organe des Harnausscheidungsapparates

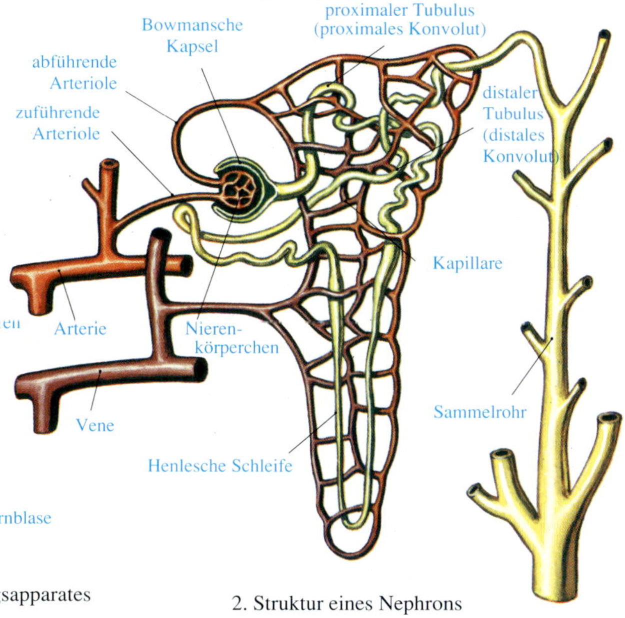

2. Struktur eines Nephrons

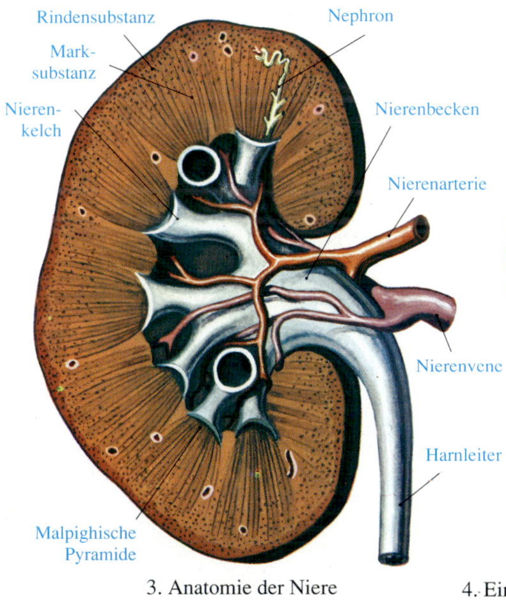

3. Anatomie der Niere

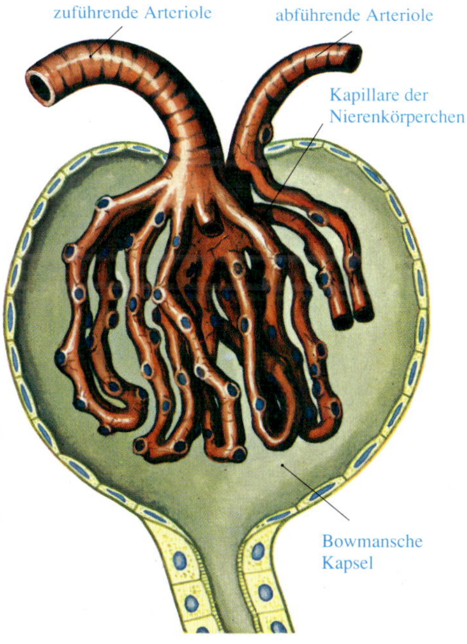

4. Einzelheiten eines Malphighischen Nierenkörperchens

es 250 ccm Urin auf und unter anormalen bis zu 1 Liter und mehr. Die Blasenwand besteht aus drei Schichten: einer serösen, einer muskulären und einer Schleimhautschicht.
Von der Harnblase geht die Harnröhre ab, die mit einem ringförmigen Schließmuskel ausgestattet ist.

Die Harnbildung: Die Harnbildung beginnt in den Nierenkörperchen mit der Filtration. Die in der Bowmanschen Kapsel filtrierte Flüssigkeit wird in den Nierenkanälen durch das Epithel teils wiederaufgenommen, teils ausgeschieden.

Filtration in den Nierenkörperchen: Das Kapillarendothel der Nierenkörperchen und das Epithel der inneren Kapsel sind praktisch für alle Substanzen mit einem Molekulargewicht unter 65.000 durchgängig. Es werden Wasser und alle Plasmabestandteile außer dem Eiweiß filtriert. Dieser Vorgang wird durch den Blutdruck in den Nierenkörperchen und in Faktoren, die dem Flüssigkeitsaustritt in den Kapillaren entgegenwirken, bestimmt. Das sind einerseits der osmotische Druck der Plasmaeiweiße und andererseits der Flüssigkeitsdruck in der Bowmanschen Kapsel. Der Blutdruck in den Nierenkörperchen beträgt ca. 90 mm Hg, der onkotische Druck ca. 25 mm Hg. Dies ist die Kraft, mit der die kolloidalen Mizellen das absorbierte Wasser halten. Man nimmt an, daß der mittlere Druck in der Kapsel ca. 15 mm Hg beträgt.

Absorption in den Nierenkanälchen: Die Gesamtmenge des glomerulären Infiltrates oder Vorharns liegt höher als jene des definitiven Harns, nämlich bei 150 – 180 Liter in 24 Stunden. Die Reduktion auf 1,8 Liter in 24 Stunden findet in den Nierenkanälchen statt. Der größte Teil des Infiltrates wird in den Nierenkanälchen wiederaufgenommen, die zur Resorption des Wassers und eines Teiles der Elektrolyte bestimmt sind. Die Substanzen werden durch zwei Mechanismen vom Inneren der Nierenkanälchen in die Kapillaren transportiert:
A durch einen rein physikalischen (Diffusion und Osmose), der durch den höheren hydrostatischen Kapillardruck und einen höheren onkotischen Druck durch die dort vorhandene Plasmaeiweißkonzentration zustande kommt.
B durch einen Stoffwechselprozeß, den man auch »aktiven Prozeß« nennt, der für jede Substanz bzw. Substanzgruppe spezifisch ist. Er beruht auf dem Vorhandensein bestimmter Trägersubstanzen in den Deckgewebszellen der Nierenkanälchen, die Stoffe an der Oberfläche binden und sie auf die andere Seite transportieren (→ 2). So werden Glucose, Aminosäuren, Eiweiße und ein Großteil der Elektrolyte wiederaufgenommen.
Als Folge der aktiven Absorption dieser Substanzen entsteht die Differenz des osmotischen Druckes zwischen der Gewebsflüssigkeit in und um die Nierenkanälchen. Diese bestimmt durch Osmose die Wasserwiederaufnahme. Außerdem wird ein Teil des Wassers auch im distalen Konvolut der Nierenkanälchen und im Sammelrohr durch die Wirkung von Hormonen (Aldosteron, ADH) wiederaufgenommen. Harnstoff und Harnsäure sind Stoffwechselendprodukte, haben keine funktionelle Bedeutung, werden nicht aktiv wiederaufgenommen und ihr Übertritt ins Blut hängt von der geringen Diffusionsgeschwindigkeit ab, mit welcher sie die Wände der Nierenkanälchen passieren. Das trifft auch auf den Großteil körperfremder Stoffe zu. Einige Stoffe, wie das Inulin, werden überhaupt nicht wiederaufgenommen (S. 45 → 1). Das Inulin ist ein Polysaccharid ($C_6H_{10}O_5$) und kommt als Reservesubstanz in einigen Pflanzen (z. B. Dahlien, Artischocken) vor und wird zur Nierenfunktionsprüfung verwendet.

Die Nierenfunktion

Nierendurchblutung und Blutdruck sind für die glomeruläre Filtration von großer Bedeutung. Die tubulären Funktionen, die die nicht osmotische Wasser- und Natriumwiederaufnahme leiten, werden vom endokrinen System reguliert, die Wiederaufnahme von Wasser durch das ADH (Seite 43, → 3), das Natrium von Aldosteron etc. Wenn sich das Mineralgleichgewicht in irgendeiner Weise verändert, verändert sich auch die Drüsenak-

Die Harnproduktion

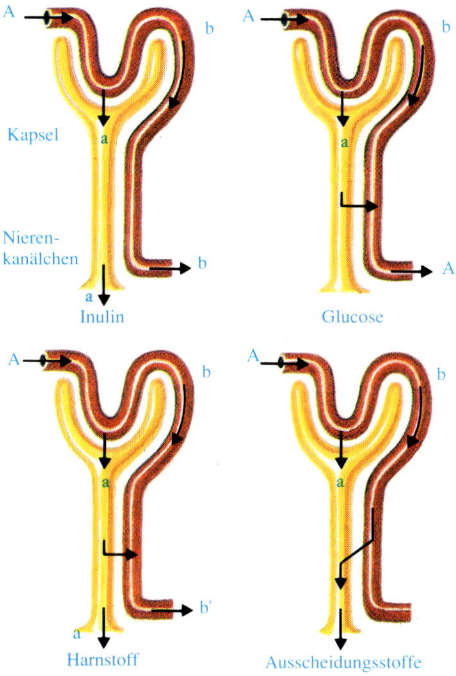

1. Schematische Darstellung der Nephronfunktion bezüglich verschiedener Substanzen

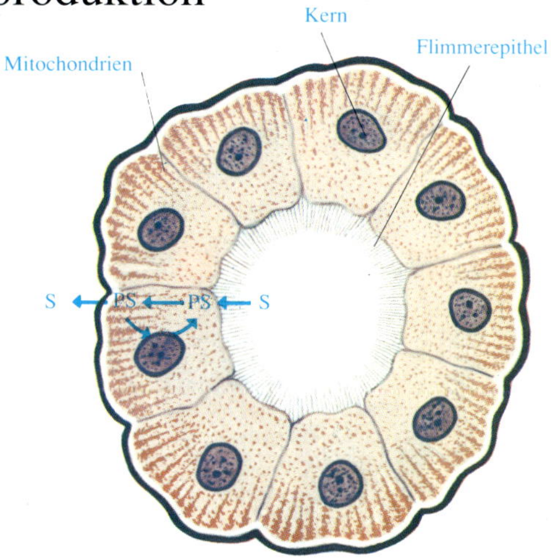

2. Querschnitt eines Nierenkanälchens (aktiver Stofftransport)

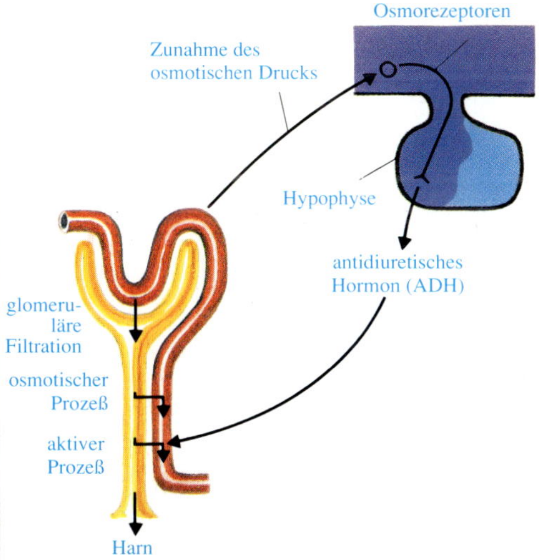

3. Schema der Wasserwiederaufnahme

Substanzen	Konzentration im Plasma ‰	Konzentration im Harn ‰	Konzentration in der Niere
Wasser	90–93	95	–
Eiweiß, Fette	7–9	0	–
Glucose	0,1	0	–
Harnstoff	0,03	2	60
Harnsäure	0,003	0,05	17
Kreatinin	$<$ 0,001	0,1	$>$ 100
Na	0,32	0,35	1
K Ca	0,02 0,008	0,15 0,015	7 2
Mg	0,0025	0,006	2
Cl	0,37	0,6	2
PO_4	0,009	0,27	30
SO_4	0,004	0,16	40

4. Chemische Zusammensetzung des Blutplasmas und des Harns

tivität, um das Gleichgewicht wiederherzustellen. Das Blutvolumen wird vom Renin-Angiotensin-System reguliert, das bereits auf Seite 20 besprochen wurde. Die Niere wirkt durch das Zurückhalten oder Ausscheiden von Bicarbonat-Ionen, den Austausch von Natrium mit Wasserstoffionen und die Bildung von Ammoniakradikalen (NH_4+) aus Ammoniak auf die Regulation des Blut-pH.

Die Miktion: Der in den Neuronen gebildete Harn gelangt kontinuierlich in die Sammelrohre und das Nierenbecken. Der Fluß vom Nierenbecken durch die Harnleiter in die Harnblase ist jedoch intermittierend. Durch die Harnleiterperistaltik wird der Harn in Richtung Blase getrieben. Die Kontraktionswellen betragen beim Menschen 3 – 6 pro Minute und durchlaufen die Harnleiter in weniger als 1 Minute. Die glatte Muskulatur der Harnblase kann sich an die Dehnung anpassen. Durch Volumsvergrößerung kann sich der Harn in ihr ansammeln. Der innere Blasendruck steigt viel weniger an, sobald die Muskelfasern passiv erschlaffen. Diese Adaptationsfähigkeit ist auf 400 – 500 ml beschränkt (→ 1). In der Blasenwand liegen Rezeptoren, die bei einer Harnmenge von 400 – 500 ml erregt werden. Die von ihnen ausgesendeten Nervenimpulse gelangen in der Kreuzbeinregion ins Rückenmark und erregen die parasympathischen Neurone, die die Harnblase und den inneren Schließmuskel versorgen; in der Folge zieht sich der innere Schließmuskel zusammen und der äußere erschlafft. Gleichzeitig wird der Reiz in höhere Zentren des Nervensystems fortgeleitet, wodurch es zum Verspüren des Harndrangs kommt. Der äußere Schließmuskel ist ein willkürlicher Muskel. Daher kann man das Harnlassen steuern.

Die Körperflüssigkeiten

Beim Erwachsenen beträgt der Wassergehalt ca. 65% seines Gewichtes und unterteilt sich in äußere und innere Zellflüssigkeit. In beiden sind zahlreiche gelöste Stoffe. Die innere Zellflüssigkeit wird Intrazellularflüssigkeit genannt, die äußere Extrazellularflüssigkeit.

Die Extrazellularflüssigkeit, die in den Zellzwischenräumen liegt und die Gewebe feucht hält, heißt intertitielle Flüssigkeit, die in den Blutgefäßen zirkulierende Plasma und schließlich jene in den Lymphgefäßen Lymphe.

Andere, wie die Hirnflüssigkeit, die Gelenks-, die Tränenflüssigkeit und die Flüssigkeit im Ohr haben spezifische Funktionen und sind nur bezüglich der Physiologie des bestimmten Organs von Bedeutung. Die Gesamtwassermenge des Organismus bleibt konstant: d. h., daß durch Mechanismen ein Gleichgewicht zwischen Flüssigkeitsaufnahme und Ausscheidung aufrechterhalten wird. Die Wasseraufnahme wird durch das Durstgefühl bestimmt, die Ausscheidung, die normalerweise über die Nieren erfolgt, durch das ADH der Hypophyse. Die Intrazellularflüssigkeit beträgt 41% des Körpergewichts eines Erwachsenen (→ 2). Ihre chemische Zusammensetzung, die sich sehr von der extrazellulären unterscheidet, wird in Abb. 4 dargestellt.

Die Aufrechterhaltung dieser Differenz hängt von der Membranbeschaffenheit und aktiven Stoffwechselprozessen ab.

Die Extrazellularflüssigkeit beträgt ca. 17 Liter, wovon 14 Liter Interstitielle und 3 Liter Blutplasma sind. Ihre chemische Zusammensetzung ist ähnlich. Der einzige Unterschied: der Eiweißgehalt.

Die Körperflüssigkeiten

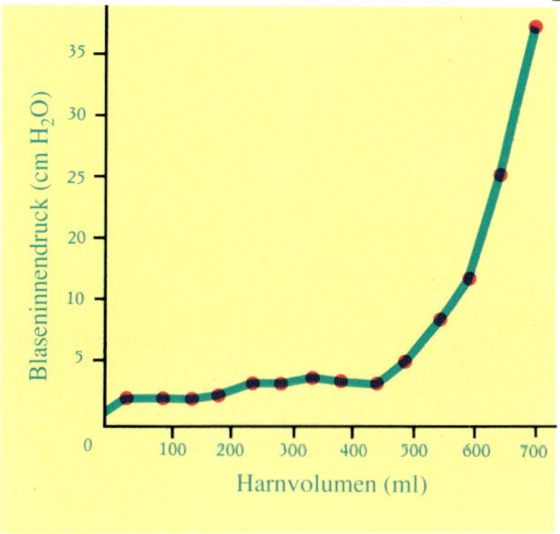

1. Verhältnis zwischen Blaseninnendruck und Füllungszustand der Blase

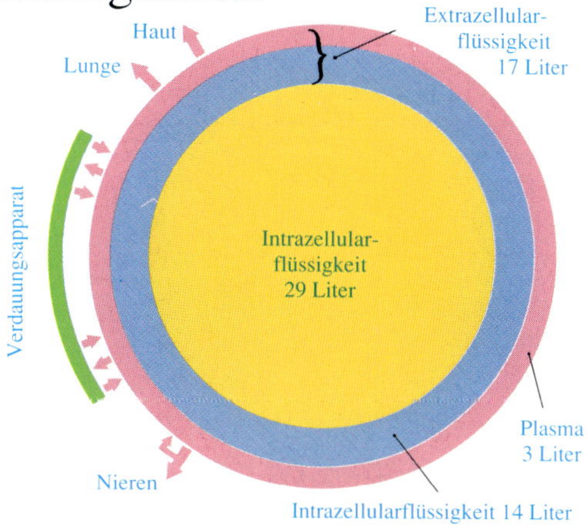

2. Verteilung der Körperflüssigkeiten

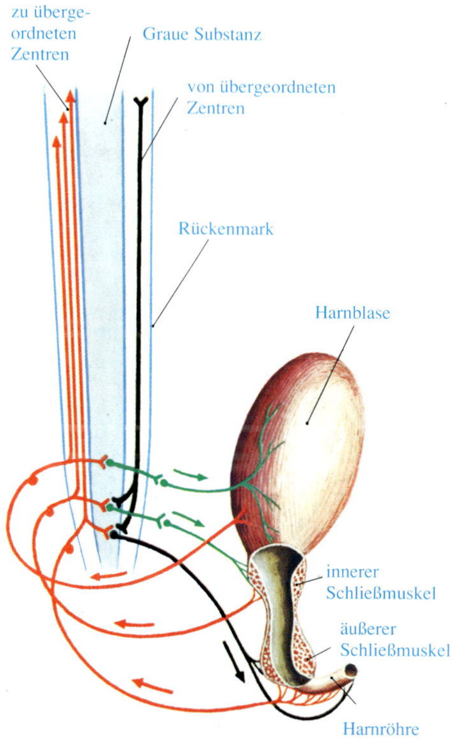

3. Ausscheidung und Zurückhalten des Harns (rot = sensible Nerven, schwarz = motorische Nerven, grün = gemischte Nerven)

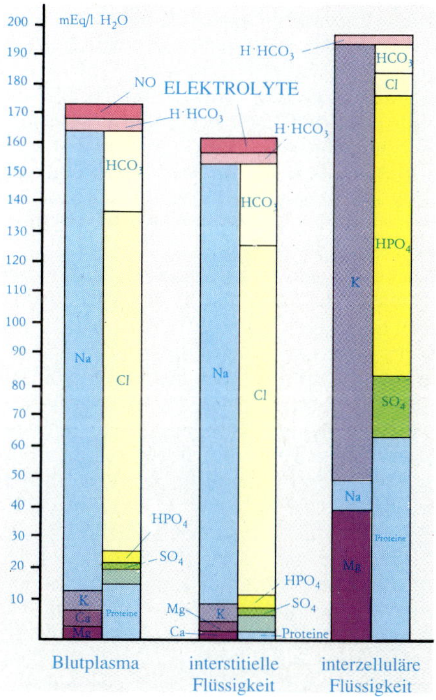

4. Zusammensetzung der Körperflüssigkeiten

Die Bewegung

Motorische Aktivität beschränkt sich nicht nur auf Fortbewegung und Bewegung einzelner Körperteile zueinander, sondern findet auch in einigen visceralen Organen, wie z. B. am Herzen, das das Blut zum Zirkulieren bringt, in den Blutgefäßen (Kaliberveränderungen), in den Atemwegen (Härchenbewegung des Flimmerepithels) sowie bei den amöboiden Bewegungen der Leukozyten statt.

Die Muskeln

Wir unterscheiden 3 Muskeltypen: Quergestreifte (Skelett-), Herz- (Myocard) und glatte (viscerale) Muskeln. Das Herzgewebe wurde bereits auf den Seiten 8 – 23 im Kapitel über den Blutkreislauf besprochen. Die Muskeltypen unterscheiden sich in Morphologie, Lokalisation und Funktion.
Die Muskelzellen sind die kontraktilen Elemente des Muskelgewebes. Im Unterschied zu anderen Zellen sind es Fasern, die die Kontraktionsfähigkeit noch verbessern können. Im Mikroskop sieht man, daß sowohl die glatten als auch die gestreiften Muskeln aus einer solchen Fasereinheit bestehen, eine jede solche Einheit aus noch kleineren Faserchen, Myofibrillen genannt, die in Cytoplasma, hier Sarkoplasma genannt, eingebettet sind. Die Zellen beider Muskeltypen haben einen oder mehrere Kerne. Eine Netzmembran, das Sarkolem, umgibt die Zelle.
Die einzelnen Fasern der glatten Muskulatur sind von zartem Bindegewebe umgeben, dem Endomysium. Mehrere Muskelfasern zusammen werden vom Perimysium umgeben. Die Hauptbestandteile der Myofibrillen sind Aktin und Myosin. Die Myofibrillen der glatten Muskelfasern scheinen homogen, während die der gestreiften durch unterschiedliche Lichtbrechung verschiedene Zonen aufweisen: die hellen Zonen sind isotop (nach allen Richtungen gleich → 4) und werden mit I bezeichnet. In ihren mittleren Abschnitten weisen sie eine doppelt brechende dunkle Linie auf, den Z oder Krausestreifen. Dieser ist anisotop und wird mit A bezeichnet. Im Zentrum besitzen sie einen hellen Streifen, den Hensenstreifen, bezeichnet mit H. Der Abschnitt zwischen zwei Z-Streifen heißt Sarkomer. Die Myofibrillen einer Muskelfaser bekommen durch die hellen und dunklen Zonen ein längsgestreiftes Aussehen (→ 3). Außer im Aufbau unterscheiden sich die Muskeltypen auch in Herkunft, Verteilung und Funktion. Die gestreiften Muskeln stehen mit dem Knochensystem in Verbindung und sind somit für die Bewegung des Skeletts zuständig, während die motorische Aktivität der inneren Organe, mit Ausnahme des Herzens, durch glatte Muskeln erfolgt. Die gestreiften Muskeln kontrahieren sich rasch und ihre Aktivität ist willkürlich. Die glatten Muskeln hingegen kontrahieren sich langsam und unwillkürlich. Erstere unterstehen dem zentralen, letztere dem vegetativen Nervensystem.

Die Muskelkontraktion

Die Muskelkontraktion führt außer zur Bewegung auch zur Temperaturerhöhung, d. h., die Muskeln wandeln chemische Energie der Myofibrillen in mechanische und thermische um. Die biochemischen Prozesse, die in den Muskeln ablaufen, sind komplex: Chemische Energie wird durch die Spaltung des im Myosin enthaltenen Adenosintriphosphats (ATP) in Adenosindiphosphat (ADP) und saures Phosphat frei. Die Umwandlung des ATP in ADP erfolgt durch Einwirkung zusammengesetzter Phosphoguanide oder Wirkung des Glykogens auf das Phosphat. Bei der Muskelkontraktion kommt es zu einer Verkürzung des Muskelgewebes, das vorübergehend sein Volumen vergrößert. Während der Kontraktion steigt der Muskeltonus nicht, wenn er sich frei verkürzen kann (isotone Kontraktion). Wenn er sich nicht verkürzen kann (isometrische Kontraktion), steigt er an (S. 51 → 1 zwei Einrichtungen, mit denen man beide Kontraktionstypen registrieren kann; S. 51 → 2 die graphische Darstellung einer Muskelkontraktion bezogen auf die Zeit). Die Gesamtdauer hängt vom Muskeltyp ab; man unterscheidet 3 Phasen:

Muskelgewebe

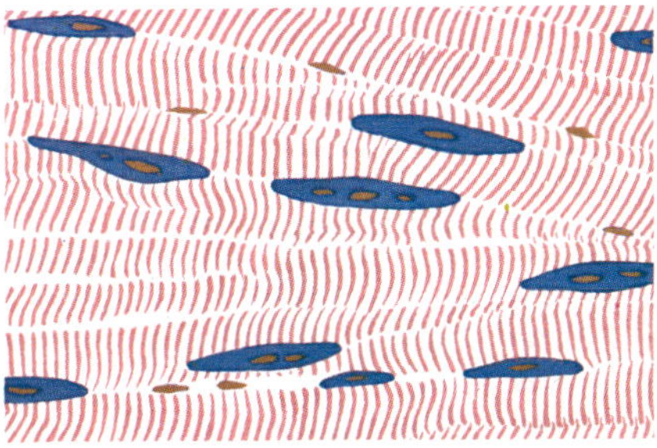

1. Gestreifte Muskelfasern

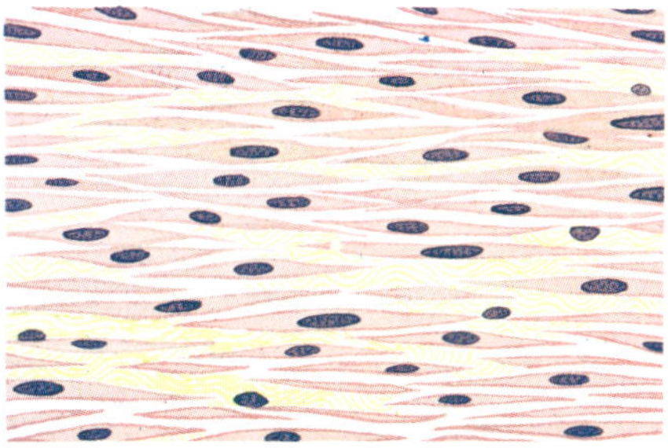

1. Glatte Muskelfasern

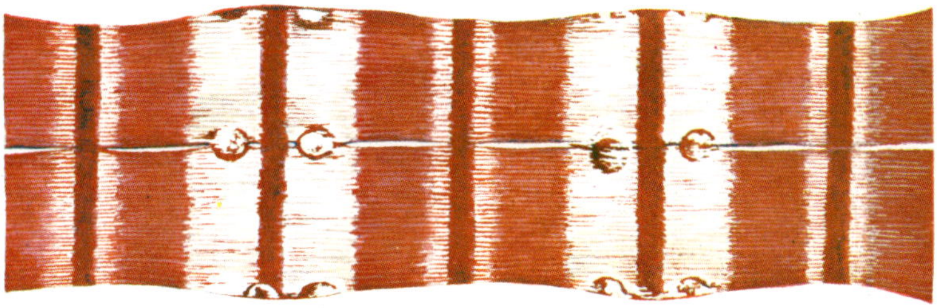

3. Elektronenmikroskopische Struktur einer gestreiften Muskelfaser

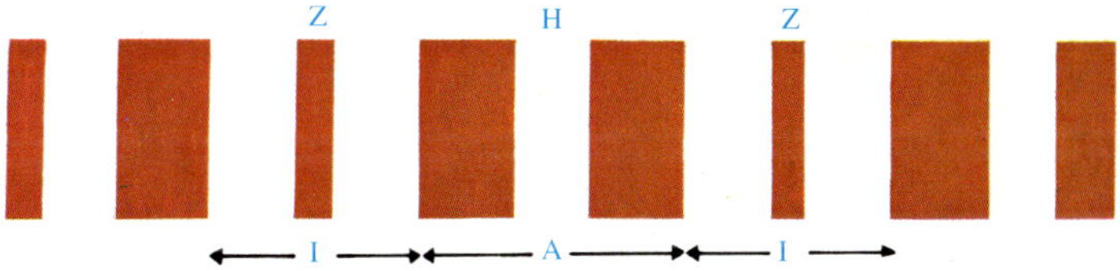

4. Wechsel der isotropen Zonen in einer Muskelfibrille

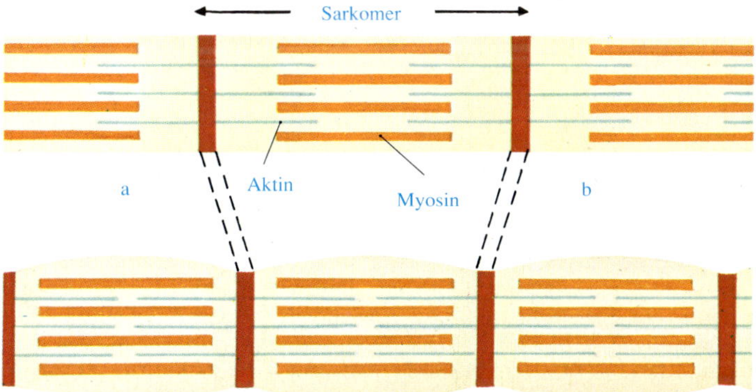

5. Verteilung der Aktin- und Myosinfilamente im Sarcolemm
(a in Ruhe; b in Kontraktion)

1. eine latente, sehr kurze Phase, vom Beginn des Reizes bis zum Moment, in dem die erste Veränderung in der Graphik festzustellen ist;
2. Kontraktionsperiode, in der der Muskel sich verkürzt oder die Spannung steigt;
3. Erschlaffungsperiode, die etwas länger dauert als die vorige.

Beim Untersuchen einer isolierten Muskelfaser beobachtet man, daß man nur dann eine Kontraktion auslösen kann, wenn der Reiz eine bestimmte Intensität (Schwelle) erreicht und daß die Kontraktion nicht mit der sukzessiven Steigerung der Reizintensität zunimmt (Alles oder nichts-Prinzip). Wenn man jedoch den Muskel im Gesamten betrachtet, sieht man, daß die Kontraktion steigt (→ 3). Denn je größer die Reizintensität ist, umso größer ist die Anzahl der kontrahierenden Muskelfasern. Das obgenannte Gesetz kommt dann zum Tragen, wenn der Muskel wiederholt gereizt wird: Wenn eine Muskelfaser dazu tendiert, sich immer mehr zu kontrahieren, und wenn die Reize kurz aufeinander folgen, baut sich ein Zustand kontinuierlicher und immer stärkerer Kontraktion auf (Tetanie → 4). Analog dazu braucht eine Muskelfaser, die ständig stimuliert wird, immer länger zum Erschlaffen. Nach einer bestimmten Anzahl von Kontraktionen ist ein Erschlaffen zwischen den Reizen nicht mehr möglich und es entsteht ein Zustand der Kontraktionsermüdung (→ 5). Die Muskelermüdung hat hauptsächlich zwei Ursachen: Den Verbrauch von Substanzen, die durch ihre Umwandlung die notwendige Energie zur Muskelkontraktion liefern und die Anhäufung von toxischen Produkten, die beim Intermediärstoffwechsel solcher Substanzen entstehen (Milchsäure, Phosphorsäure und Kreatinin).

Die Bewegung: Die Stellungsänderung von Körperteilen zueinander, die Möglichkeit sich fortzubewegen und viele andere Aktivitäten, wie das Sprechen, das Schreiben, die Augenbewegungen etc., werden durch die Kontraktion gestreifter Muskeln möglich. Damit diese Kontraktionen für den Menschen sinnvoll ablaufen, ist die Beteiligung des Nervensystems notwendig (siehe Seite 73).

Knochengewebe und Knochen

Die Zellen des Knochengewebes, die Osteozyten, liegen in der Grundsubstanz, oder in der Zellularsubstanz, ihre dünnen Fortsätze in feinen Knochenkanälen. Die Grundsubstanz wird von Kollagenfasern, die in amorphen Substanzen eingebettet sind, gebildet, in welchen sich Calciumsalze absetzen. Die kompakte Substanz wird von den sogenannten Haverschen Kanälen durchzogen, die mehr oder weniger geradlinig verlaufen und Blut-, Lymphgefäße und Nerven enthalten.
Die Knochenoberfläche wird von Periost (Beinhaut) überzogen. Das ist eine Bindegewebshaut, in der Osteoblasten liegen, Zellen, die für die Knochenneubildung verantwortlich sind. Die Knochen haben je nach spezifischer Funktion unterschiedliche Form und Länge. Es gibt lange, kurze und platte Knochen. Die langen Knochen bestehen aus einem Mittelstück, genannt Diaphyse, und zwei dickeren Endstücken, Epiphysen, die innen von schwammartigem Gewebe aufgebaut werden, das aus dünnen Knochenbälkchen besteht.

Die Gelenke: So heißen die Verbindungen der Knochen miteinander. Je nach Bewegungsgrad teilt man sie folgend ein:

Syndesmosen, wenn die Knochen wie ein geschlossener Reißverschluß verbunden sind, wodurch ihre Ränder gezackt aussehen. Man nennt sie auch Suturen, sie kommen bei den Schädelknochen vor.

Amphiathrosen, wenn die Knochen durch straffe Bänder verbunden sind. Zwischen den Wirbeln ist dies eine knorpelige Scheibe, die als Puffer wirkt. Sie sind gekennzeichnet durch die geringe Beweglichkeit.

Echte Gelenke, wenn die Knochen gelenksnahe mit einer serösen Membran überzogen sind (Synoviale Membran), die sich wie eine Tasche oder ein Kissen darstellt, synoviale Kapsel genannt wird und eine Flüssigkeit produziert, die als Gelenksschmiere dient. Durch sie werden die Bewegungen erleichtert und die Ernährung der Gelenksknorpel gesichert. Dieser Gelenkstyp, der auch

Muskelkontraktion

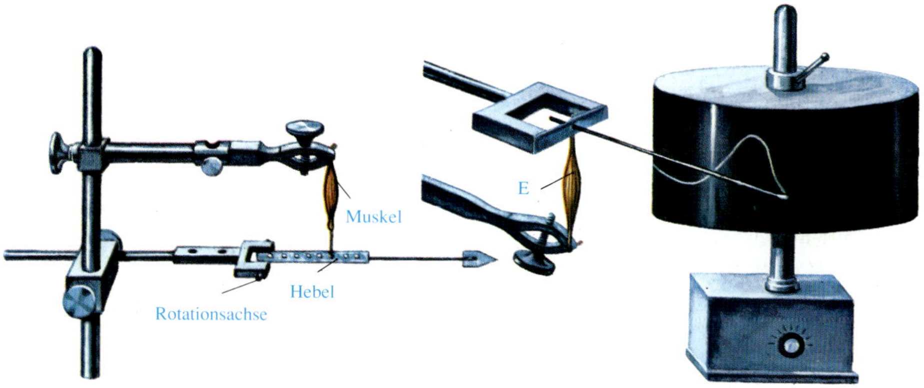

1. Links Vorrichtung zur Registrierung der isotonen Kontraktion, rechts Registrierung der isometrischen Kontraktion. Bei der ersten Vorrichtung kontrahiert sich der Muskel gegen einen Widerstand (Hebel). Im zweiten ist das Muskelende an einer Feder fixiert, die sich bei der Muskelkontraktion deformiert.

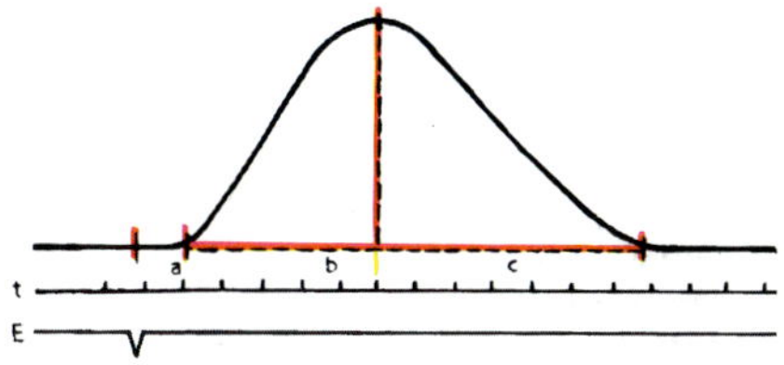

2. Mechanogramm, t = Zeit (Meter pro Sekunde); E = Reiz; a = Latenzperiode; b = Kontraktion; c = Erschlaffung

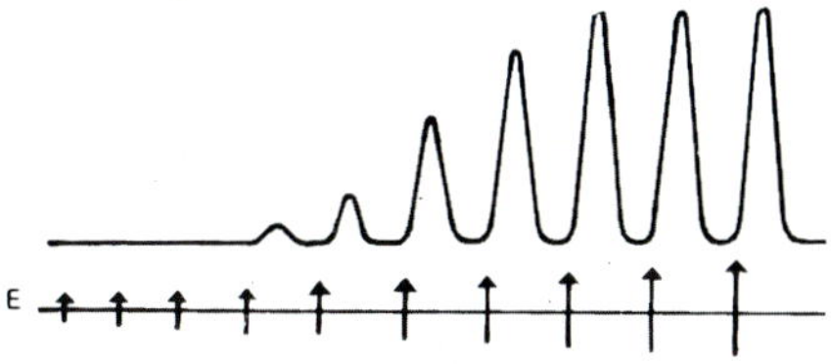

3. Graduelle Vergrößerung der Antwort auf die Zunahme der Reizintensität

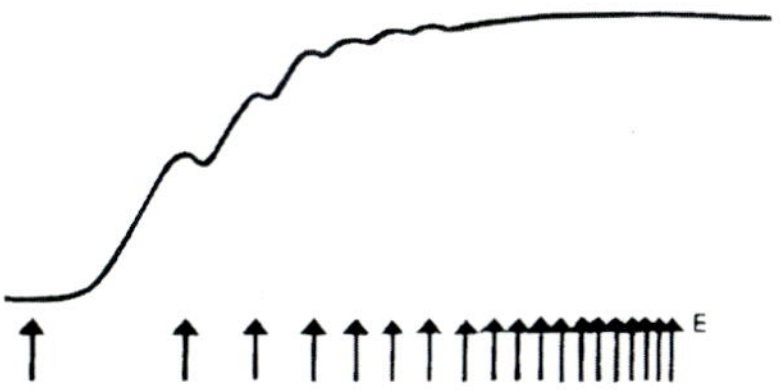

4. Verkrampfung eines Muskels durch Zunahme der Reizintensität

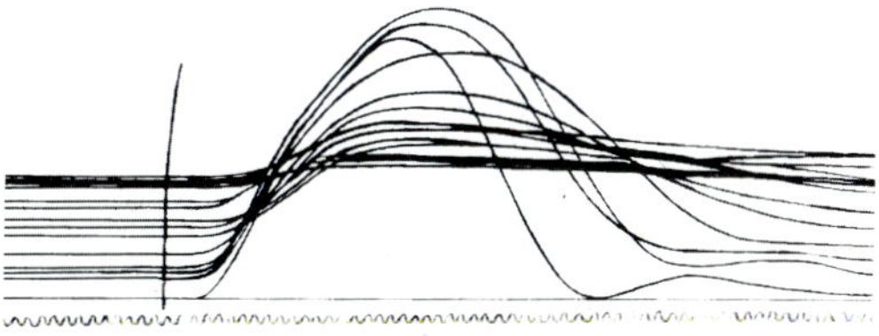

5. Kurve der sukzessiven Kontraktion zur Darstellung des Ermüdungsphänomens (t = 5 Meter pro Sekunde)

mobiles Gelenk genannt wird, erlaubt große Bewegungen (→ 3).

Die Bänder: Die Bänder, die an den Knochen ansetzen, bestehen aus Bindegewebe. Sie haben die Funktion, zwei Knochen fest verbunden zu halten und deren Verschiebung zu verhindern.

Die Sehnen: Die Muskeln setzen nicht direkt am Knochen an, sondern über Bindegewebsschichten, die diese einhüllen. Sie setzen den Muskel fort, bilden, wenn sie zylindrisch sind, Sehnen, und wenn sie flächig sind, Aponeurosen der Ansätze.
Als generelle Regel muß man sich vor Augen halten, daß die Muskeln nicht isoliert agieren, sondern, daß an jeder Bewegung verschiedene, mit gegensätzlicher (antagonistischer) Wirkung beteiligt sind. Die einfache Aufrechterhaltung wird durch das Zusammenwirken zahlreicher Muskeln ermöglicht (in → 4 wird auf die Wirkung der wichtigsten hingewiesen). Der Mechanismus jeder einzelnen Bewegung des menschlichen Körpers kann mit jenem eines Hebels verglichen werden. In diesem wird der Arm von einem Knochen dargestellt; der Fixpunkt vom Gelenk; die Kraft, d. h., jene Kraft, die notwendig ist, um eine Arbeit zu verrichten, vom Muskel; der Widerstand von der notwendigen Kraft, die der Muskel überwinden muß, um eine Bewegung ausführen zu können (→ 5). Demnach hat man zum Durchführen verschiedener Bewegungen Hebelsysteme unterschiedlichen Typs. Bei Menschen gibt es drei verschiedene Typen des »Hebels«.

Haltung und Fortbewegung

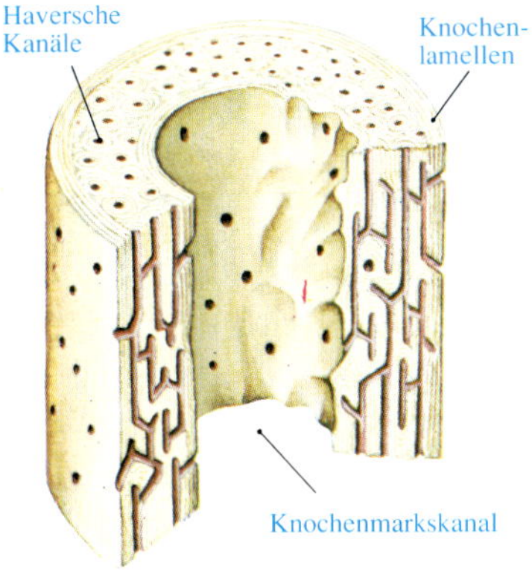

1. Mikroskopischer Schnitt durch einen langen Knochen

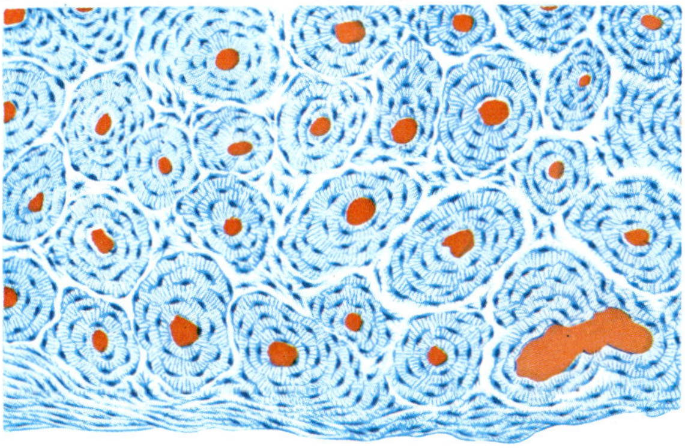

2. Mikroskopischer Querschnitt eines langen Knochens

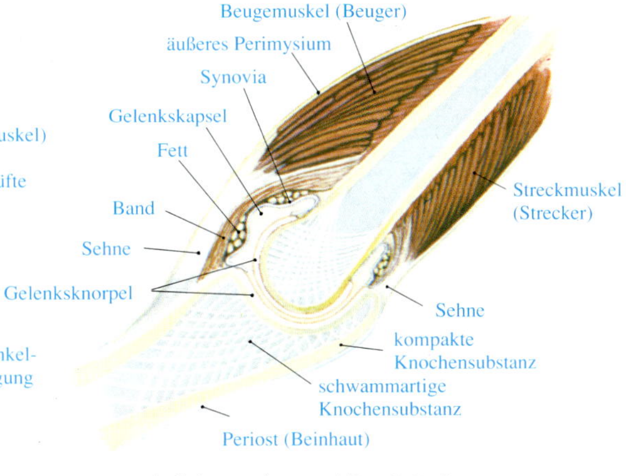

3. Schema eines mobilen Gelenks

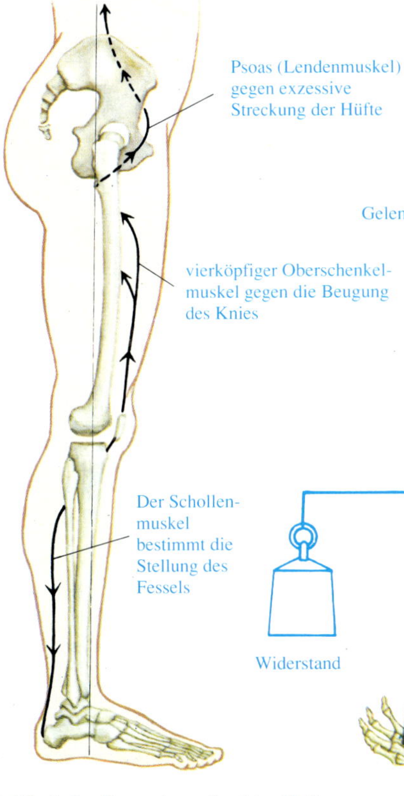

4. Muskeln, die an der aufrechten Haltung beteiligt sind

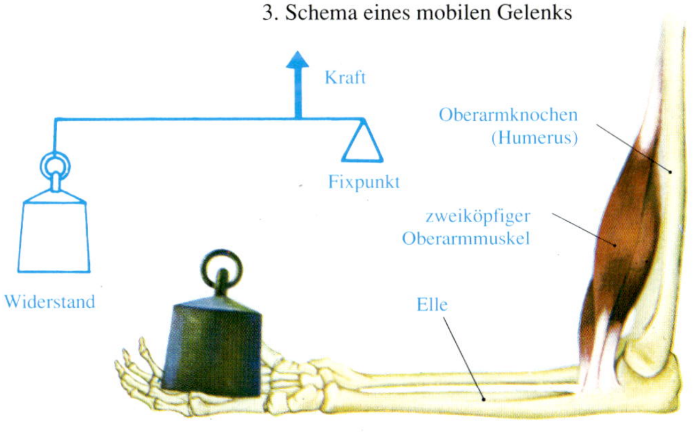

5. Kräfte, die an der Beugung des Unterarms beteiligt sind

Die Sinne

Die nötige Übereinstimmung zwischen Körperinnerem und der Umwelt ist durch ein System möglich, das die Umweltveränderungen registriert und die Information an die Organe weitergibt, die die Körperfunktionen steuern. Die für die Wahrnehmung spezifischen Zellen nennt man Rezeptoren. Eigentlich kann jede Zelle über ihr Protoplasma Erregungen aufnehmen und daher als Rezeptor fungieren. Jedoch nur einige haben die Eigenheit entwickelt, sogar kleinste Erregungen wahrzunehmen und die periphere Information in eine Botschaft für die Regulationszentren umzuwandeln. Meistens handelt es sich bei den Rezeptoren um höher spezialisierte Zellen oder Zellgruppen, die häufig mit anderen Zellen einen funktionellen Komplex, das Sinnesorgan, bilden.

Einteilung der Rezeptoren

Die Rezeptoren können nach ihrem Reizcharakter folgend eingeteilt werden:
A) Mechanische,
B) Chemische,
C) Thermische,
D) Schmerzrezeptoren etc., je nach ihrer Lokalisation.
Hier unterscheidet man: Exterozeptoren, die in den Sinnesorganen (Haut, Auge, Ohr, Nase, Mund) liegen und über die Umwelt informieren; die Propriorezeptoren, die registrieren, was sich im Körper abspielt, von den Muskelspindeln, die über die Muskelspannung Auskunft geben, zu den Muskel-Sehnen, Körperchen mit analoger Aufgabe, zu den Gelenksrezeptoren, die für das Gefühl der Stellung und Bewegung der Gliedmaßen nötig sind (spezielle Propriozeptoren sind die Rezeptoren des Gleichgewichtsorgans), zu den Exterozeptoren, die vor allem im Verdauungsapparat vorkommen. Die neuromuskulären Spindeln (siehe Seite 61, → 5) sind veränderte Muskelfasern, deren zentraler Teil von einem feinen sensiblen Nervenfasernetz bedeckt ist. Die Muskel-Sehnen-Rezeptoren sind stark verzweigte Enden sensibler Neurone, die sich entlang der Sehnen an ihrer Muskelansatzstelle verteilen.

Charakteristik der Wahrnehmung: Jeder Rezeptor reagiert auf einen ganz bestimmten Reiztyp. So sprechen z. B. die Rezeptoren der menschlichen Netzhaut auf die elektromagnetische Energie mit einer Wellenlänge von 400 – 760 nm an. Es gibt qualitative Unterschiede bei ein und demselben Wahrnehmungstyp. Zwischen Reiz- und Wahrnehmungsintensität besteht eine logarithmische Relation.
Eine kontinuierliche Rezeptorstimulation führt durch einen Gewöhnungsprozeß zur Abnahme der Wahrnehmungsintensität.
Die Rezeptoren setzen die Reizenergie in eine Reihe elektrischer Potentiale um, die, wenn es sich um bewußte Wahrnehmungen handelt, in die Analysationszentren des Nervensystems gelangen, in denen sie verarbeitet werden.

Der Tastsinn: In der Haut und den äußeren Schleimhäuten gibt es verschiedene Wahrnehmungsmöglichkeiten: Gefühl, Schmerz, Wärme und Kälte.
Durch die Existenz verschiedener Rezeptoren kann man jede Wahrnehmungsmöglichkeit einem bestimmten Rezeptortyp zuschreiben (wohl aber mit Vorbehalt). So bezeichnet man die Pacinischen, die Meissnerschen Körperchen und das die Haarfollikel umgebende Nervenfasernetz als Tastrezeptoren, die Krauseschen Körperchen als Kälte- und die Ruffinischen Körperchen als Wärmerezeptoren. Im Unterschied dazu gibt es freie Nervenendigungen, bei denen alle Hautrezeptoren in engem Kontakt mit einer Nervenfaser stehen, die die vom Rezeptor aufgenommene Information ins Zentralnervensystem weiterleitet. In → 1 sehen wir einen Querschnitt durch ein Pacinisches Körperchen, um die konzentrische Anordnung der Lamellen des Bindegewebes besser verständlich zu machen und auf Seite 55 → 3 eine Darstellung, die uns über die zelluläre Herkunft in Kenntnis setzt.

Der Tastsinn

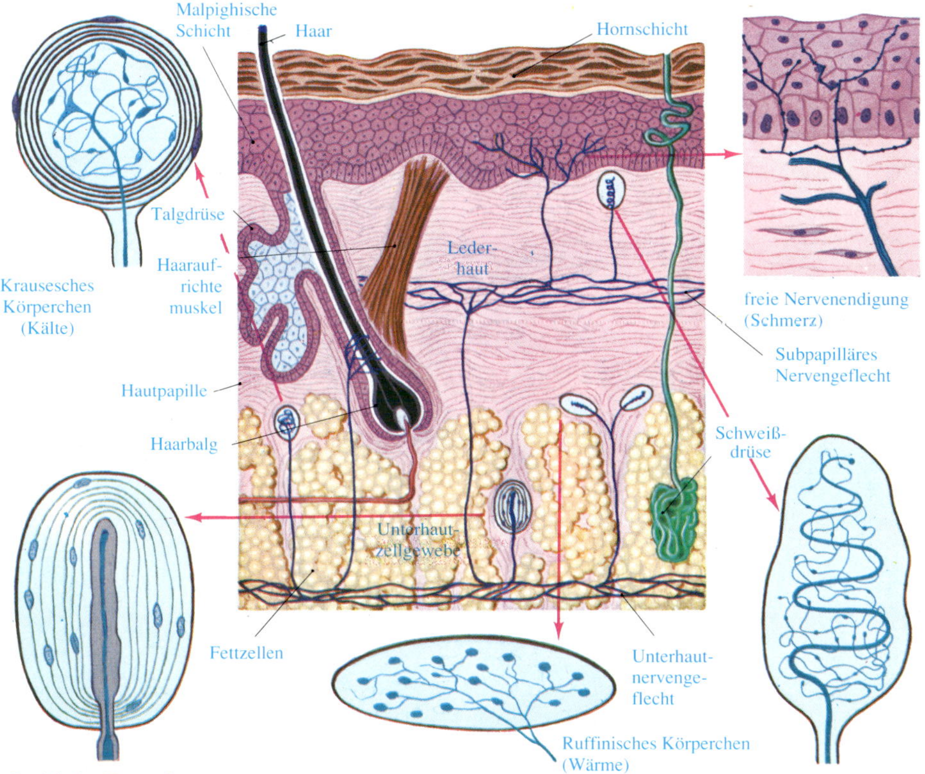

1. Die wichtigsten Hautrezeptoren

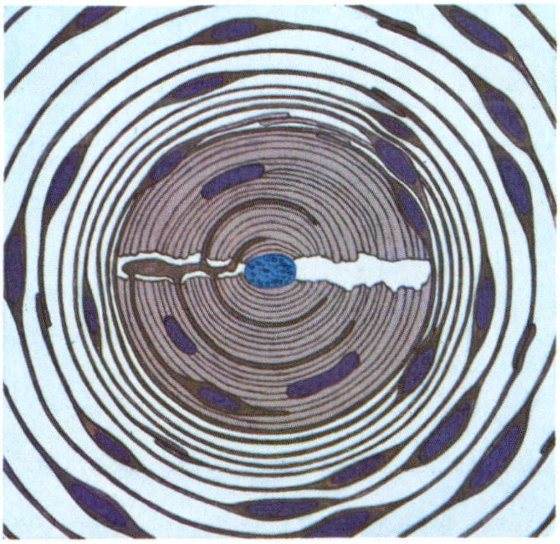

2. Querschnitt durch ein Pacini-Körperchen

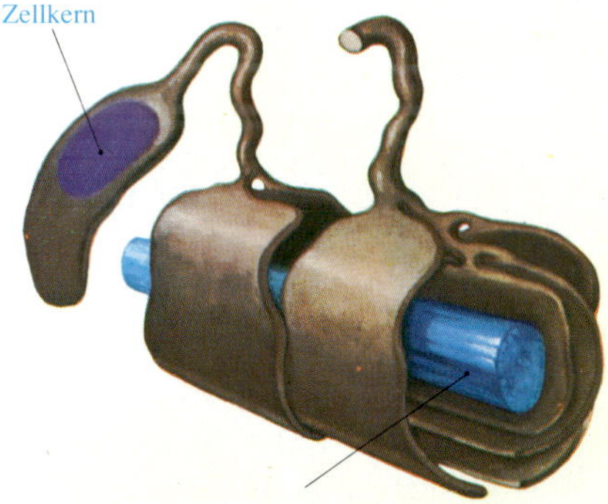

3. Aufbau eines Pacini-Körperchens

Das Sehen

Die lichtsensiblen Rezeptoren gehören zu einem komplexen Organ, dem Auge (→ 1), das von vielen Zellen und Substanzen aufgebaut wird und von großer funktioneller Leistungsfähigkeit ist. Durch das optische System werden die von außen kommenden Lichtstrahlen geordnet und gebündelt und auf der Netzhaut als Bild dargestellt. Das Auge verhält sich wie ein Fotoapparat. Man unterscheidet drei Hüllen: Die äußere besteht aus der harten und widerstandsfähigen Lederhaut (Sklera), die den Augapfel festigt und ihm seine Form gibt, und der Hornhaut (Cornea). Die mittlere Hülle wird von der Regenbogenhaut (Iris), einer zirkulären Schicht mit einer zentralen Öffnung (Pupille), dem Strahlenkörper (*Corpus ciliare*), der stark durchblutet ist und aus glatter Muskulatur besteht, und der Aderhaut (Choroidea) gebildet. Sie enthält die für die Blutversorgung des Auges wichtigen Gefäße. Die Iris schützt durch starke Pigmentierung das Auge vor innerer Blendung.
Die Netzhaut (Retina) ist die innerste Hülle. In ihr liegen die Fotorezeptoren.
Vom Strahlenkörper gehen auch die Aufhängebänder der Linse ab, einem bikonvexen, durchsichtigen und elastischen Körper, der ca. 2 mm hinter der Hornhaut liegt.
Der Raum zwischen Hornhaut und der Linse wird von Kammerwasser ausgefüllt, einer Nährflüssigkeit, die vom Strahlenkörper gebildet wird und durch den Schlemmschen Kanal abfließt (→ 2). Hinter der Linse liegt der Glaskörper, der von einem feinen Bindegewebsnetz gebildet wird, das von der dem Kammerwasser ähnlichen, nur zäheren Glaskörperflüssigkeit durchtränkt ist. Der vordere Anteil des Augapfels wird von einer Schleimhaut (Konjunktiva) geschützt, die auch die Innenseite der Lider bedeckt.

Morphologisch unterscheidet man in der Netzhaut zwei Rezeptortypen: die Stäbchen und die Zapfen. Die Stäbchen, die zahlreicher sind und in der Peripherie liegen, sind stark lichtempfindlich, aber sie registrieren nur quantitative Lichtunterschiede (schwarz – weiß, Dämmerung). Die Zapfen, die im Zentrum der Netzhaut liegen, unterscheiden Farbtöne. Beide Typen liegen in der äußersten Netzhautschicht und bilden Synapsen mit bipolaren Neuronen, diese wiederum mit den ganglionären Neuronen, deren Axone den Sehnerv bilden (→ 4).
Um die Stäbchen zu erreichen muß das Licht durch die Konjunktiva, die Hornhaut, das Kammerwasser, die Linse, den Glaskörper und einen Großteil der Netzhaut. Dabei wird der Lichtstrahl gebrochen. Die Brechkraft des optischen Systems des menschlichen Auges beträgt in Ruhe 60 Dioptrien, entsprechend einer Linse, deren fokale Distanz 16,7 mm betragen würde. In dieser Entfernung liegt die Netzhaut, auf der ein scharfes Bild eines entfernten Gegenstandes entsteht. Nahe Gegenstände wären unscharf, weil das Bild hinter der Netzhaut entstehen würde. Dazu kommt es aber nicht, weil das Auge über ein automatisches Akkomodationssystem verfügt, das durch eine stärkere Linsenkrümmung die Brechkraft erhöht.
Auch das Phänomen der Konvergenz funktioniert automatisch. Wenn wir ein Objekt betrachten, sieht es jedes Auge von einer etwas anderen Seite. Durch die Konvergenz sehen wir jedoch nur ein Bild. Die Pupille zieht sich je nach Lichteinfall automatisch zusammen. (→ 5).
Die visuellen Rezeptoren werden von elektromagnetischer Energie mit einer Wellenlänge zwischen 400 und 760 nm stimuliert, wobei jede Wellenlänge eine bestimmte Farbe ergibt. Diese chromatische Registrierung beruht auf dem Vorhandensein verschiedener Rezeptoren, die bestimmte Strahlenunterschiede aufnehmen. Man kennt drei Zapfentypen mit maximaler Sensibilität für jede der drei Grundfarben (rot, gelb, blau), aus deren Mischung alle Farbtöne hervorgehen. Diese Mischungen realisieren sich in den Nervenzentren der Sinneswahrnehmungen.

Das Gehör

Die Vibrationsenergie, die unsere sensorischen Analysatoren des Gehirns als Töne interpretieren, ist jene, die sich mit ca. 18.000 Schwingungen pro Sekunde ausbreitet. Diese Vibrationen stimulieren bestimmte Sinneszellen, die in der Schnecke (Cochlea), einem Teil des Hörorgans, liegen. Das Ohr umfaßt drei Bereiche: Äußeres, Mittel- und

Das Sehen

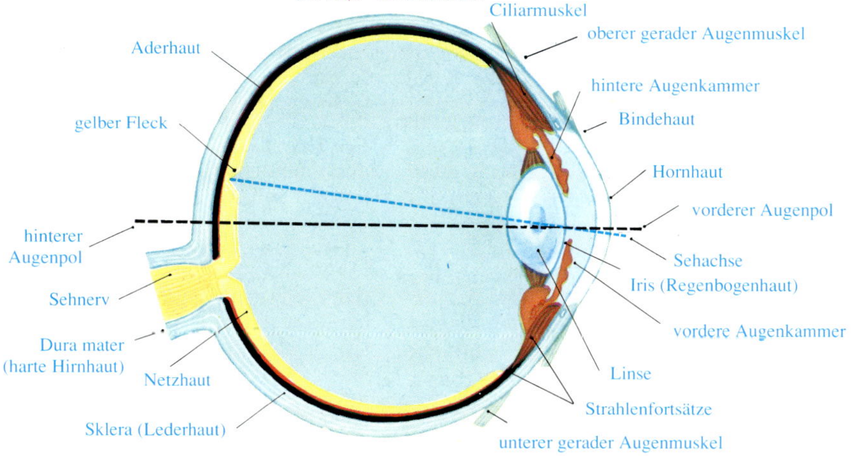

1. Schematische Darstellung des Auges (im Schnitt)

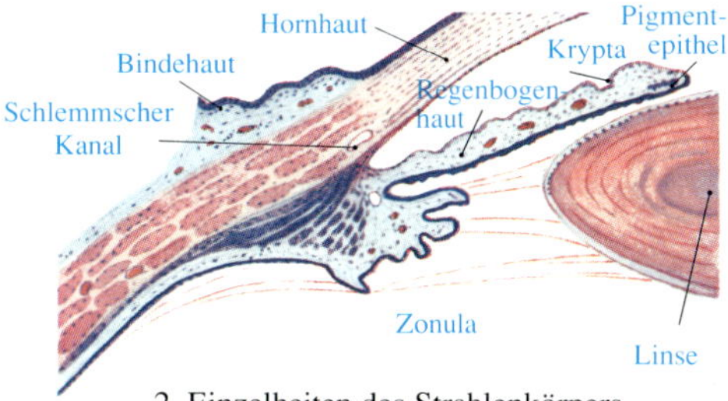

2. Einzelheiten des Strahlenkörpers

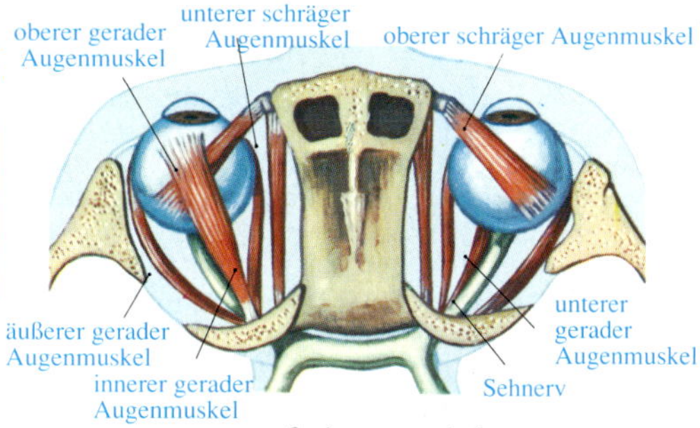

3. Augenmuskel

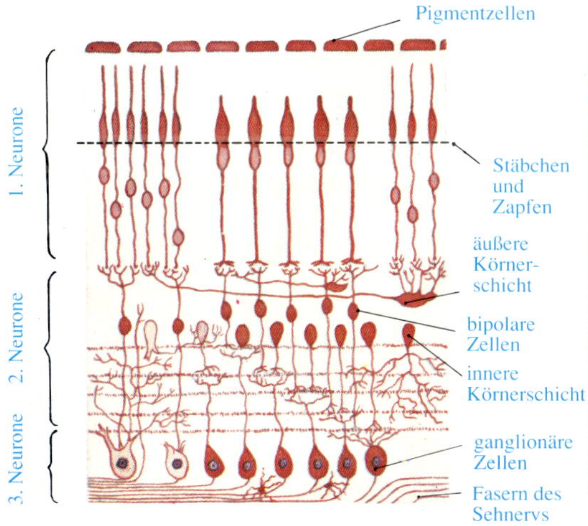

4. Netzhautschichten

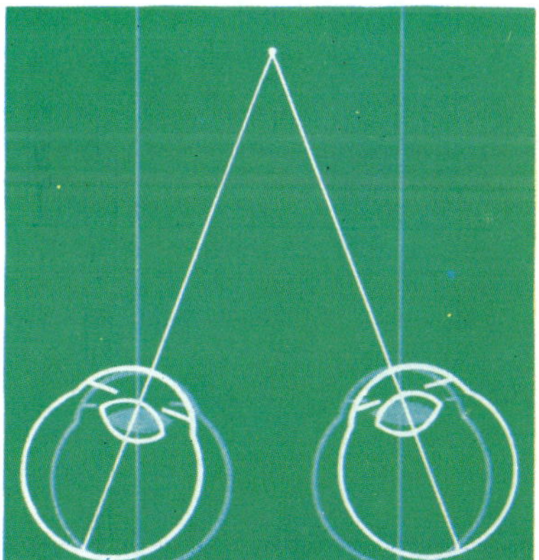

5. Akkomodation, Konvergenz und verminderte Lichteinwirkung durch das Nahsehen

Innenohr (→ 1). Das äußere Ohr besteht aus der Ohrmuschel und dem äußeren Gehörgang, der am Trommelfell endet. Das Mittelohr ist eine knöcherne Höhle mit vier Öffnungen. Die größte, die vom Trommelfell verschlossen wird, steht mit dem Gehörgang in Verbindung. Das ovale und das runde Fenster sind ebenfalls durch Membranen verschlossen und stehen mit dem Innenohr in Verbindung. Die vierte Öffnung ist die Mündung der Ohrtrompete (Eustachische Röhre), die die Verbindung zum Schlund darstellt und für den Druckausgleich zwischen Rachenraum und Mittelohr notwendig ist. Die Gehörknöchelchen (Hammer, Amboß und Steigbügel) stellen eine Verbindung zwischen Trommelfell und dem ovalen Fenster her. Das Innenohr wird von verschiedenen Strukturen gebildet, die trotz ihrer anatomischen Einheit unterschiedliche Funktionen haben. Die Schnecke ist ein spiralförmiger Tunnel, der durch zwei Membranen, die Basilarmembran und die Reissnersche Membran in drei Gänge unterteilt wird: die Vorhoftreppe (Verbindung mit dem ovalen Fenster), den Schneckengang und die Paukentreppe (Verbindung mit dem runden Fenster).

Die Vorhof- und Paukentreppe sind mit Perilymphe gefüllt, der Schneckengang mit Endolymphe. Die Basilarmembran legt sich als Deckmembran über die Haarzellen (Sinneszellen). Die genannten Strukturen bilden zusammen das Cortische Organ (→ 3).

Die Schallwellen werden von der Ohrmuschel aufgenommen und an das Trommelfell weitergeleitet, wobei dieses in harmonische Schwingungen versetzt wird. Die Gehörknöchelchenkette wirkt als Hebelsystem, das die Trommelfellvibrationen um das 2,5fache verstärkt. Da die Membran des ovalen Fensters nur 1/8 der Größe des Trommelfells beträgt, wird die mechanische Energie der Schallwellen insgesamt um das 20fache (2,5 x 8) verstärkt. Durch diese Kraft entsteht eine Druckwelle in der Perilymphe, die sich durch die Basilarmembran auf die Endolymphe überträgt. Die Vibrationsbewegungen der Basilarmembran bewirken die Stimulation der Haarzellen, welche die Entstehung von Nervenreizen in den Neuronen auslösen, mit denen sie in Verbindung stehen. Die Vibrationen mit hoher Frequenz »erlöschen« vor jenen mit tiefer Frequenz (→ 2). Dadurch, daß hohe Frequenzen weniger Phonorezeptoren auslösen als niedere, ist eine Unterscheidung verschiedener Töne möglich.

Die Lautstärke hängt von der Deformierung der Härchen der Zellen des Cortischen Organs ab.

Gleichgewichtsorgan: Das Gleichgewichtsorgan, das die Körperstellung im Raum registriert, setzt automatische Mechanismen frei, die dazu dienen, das Gleichgewicht zu erhalten.

Es wird von den Bogengängen, dem Utriculus und dem Sacculus (→ 4, membranösen Gebilden, gefüllt mit Endolymphe, die in den knöchernen Bogengängen eingebettet sind) gebildet. Der Raum zwischen knöchernen und häutigen Bogengängen ist mit Perilymphe gefüllt. Utriculus und Sacculus haben je ein verdicktes Sinnesfeld (Macula → 5), deren Sinneszellen Härchen tragen. Sie werden von einer mit Calciumcarbonatkristallen (Otolithen) besetzten Membran bedeckt. Je nach Kopfhaltung werden die verschiedenen Sinneszellen der Macula durch die unterschiedliche Neigung der Härchen unter dem Gewicht der Otolithen gereizt.

Die Bogengänge sind drei dünne, senkrecht aufeinanderstehende Kanäle, die zum Utriculus hin offen sind. Jeder von ihnen hat eine Erweiterung oder Ampulle, in der die Rezeptoren leistenförmig angeordnet sind (Crista → 6).

Auch die sensiblen Zellen der Crista sind behaart. Ihre Härchen sind jedoch in eine gelatinartige Substanz eingebettet, die praktisch die ganze Ampulle auskleidet. Rasche Kopfbewegungen in verschiedene Richtungen versetzen die Endolymphe auf Grund ihrer Trägheit in Schwingungen. Die gelatinartige Substanz neigt sich von einer Seite zur anderen und mit ihr die Härchen, die den Impuls über Nervenfasern, mit denen sie in Kontakt stehen, weiterleiten. Alle Nervenfasern aus der Macula erreichen im Scarpaschen Ganglion bipolare Neurone.

Das Gleichgewichtsorgan, das die Körperstellung im Raum registriert, setzt automati-

Das Hören

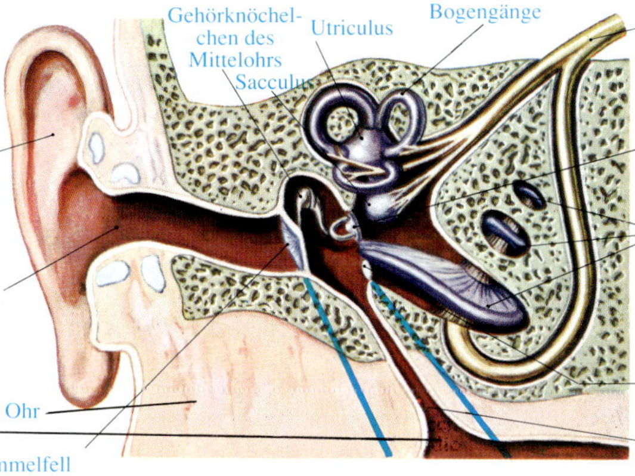

1. Aufbau des Ohrs

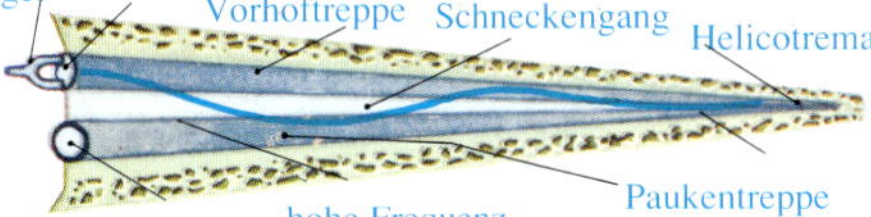

2. Ausbreitung der Druckwelle nach der Frequenz

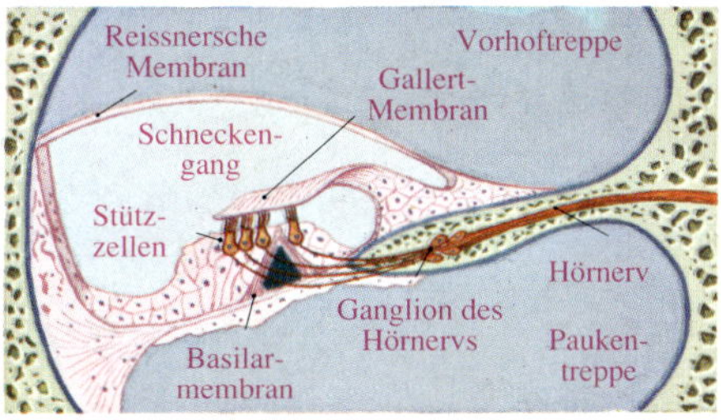

3. Cortisches Organ

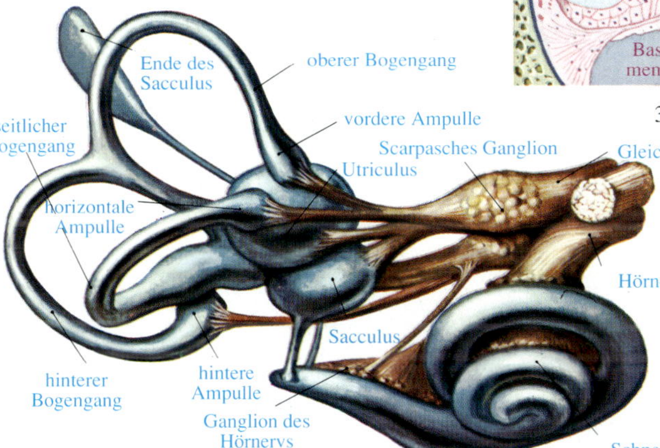

4. Gleichgewichtsorgan mit Schnecke

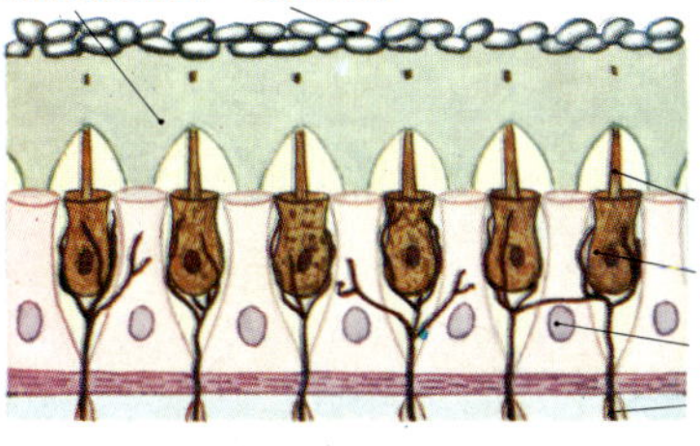

5. Struktur einer Macula

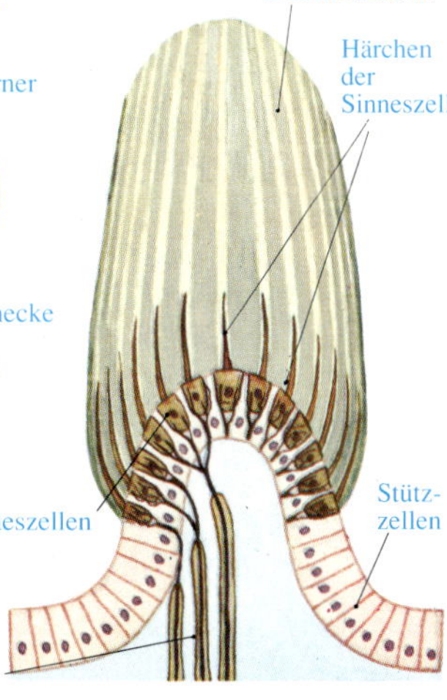

6. Struktur einer Crista

sche Mechanismen frei, die dazu dienen, das Gleichgewicht zu erhalten.

Geschmack und Geruch

Die Zunge ist das wichtigste Geschmacksorgan. Damit eine Substanz den Geschmackssinn auslösen kann, muß sie an der Speichelbildung beteiligt bzw. leicht im Speichel löslich sein.
Die Geschmacksrezeptoren oder -papillen sind neuroepitheliale Zellen mit einem fadenförmigen, an der Spitze behaarten Ausläufer (→ 1). Sie stehen im engen Kontakt mit den sensiblen Nervenzellen bestimmter Hirnnerven.
Durch kleine Öffnungen in der Schleimhautoberfläche besteht ein Zugang zum Papilleninneren. Die Papillen liegen am Zungenrand, am Zungengrund, jedoch auch am weichen Gaumen, im Schlund und am Kehldeckel.
Durch den Geschmacksinn können wir eine Menge von Geschmacksrichtungen differenzieren, aber es ist unmöglich, jeden Geschmackstyp einer bestimmten Klasse von Geschmacksrezeptoren zuzuordnen. Wie auch beim Farbensehen können wir hier von primären Wahrnehmungen sprechen. Die primären Geschmacksrichtungen sind: süß, sauer, salzig, bitter.

Jeder einzelne Zungenbereich nimmt eine Geschmacksrichtung intensiver wahr. Der Geruch ist ebenso eine chemische Wahrnehmung. Deshalb werden auch die Geruchsrezeptoren wie die Geschmacksrezeptoren von im Speichel gelösten chemischen Substanzen stimuliert. Geschmacks- und Geruchssinn stehen in enger Verbindung, aber die Sensibilität der Geruchsrezeptoren ist viel höher als jene der Geschmacksrezeptoren.
Die Geruchsrezeptoren liegen in einem kleinen Areal der Nasenschleimhaut, in den oberen Nasenmuscheln, nahe dem Siebbein (→ 2). Man unterscheidet zwei Zelltypen: die Riechzellen und die Stützzellen. Erstere sind bipolare Ganglienzellen, von denen ein Fortsatz die Schleimhautoberfläche erreicht und feine Riechhärchen trägt; letztere vereinigen sich mit anderen Nervenfasern zu den Riechnerven, die durch winzige Öffnungen im Siebbein zum Riechkolben im Gehirn (→ 4) ziehen. Die flüchtigen Substanzen (= Gerüche), die mit den Riechzellen in Kontakt kommen, bewirken eine Entladung von Nervenimpulsen, die an den Riechkolben weitergeleitet werden und zur Geruchswahrnehmung führen.

Der Geschmack und der Geruch

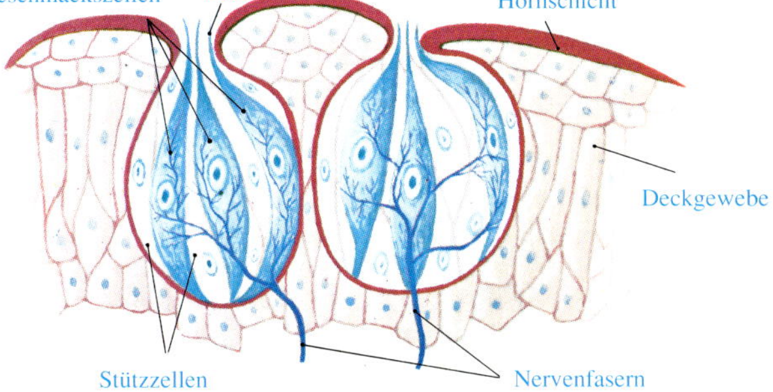

1. Geschmackspapille

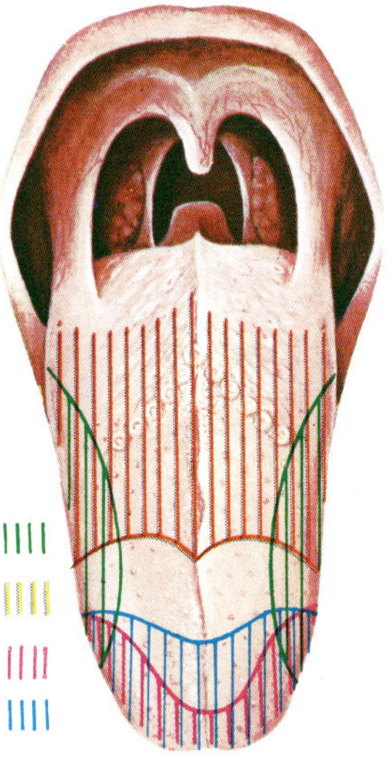

2. Zungenbereiche mit größter Geschmacksempfindung

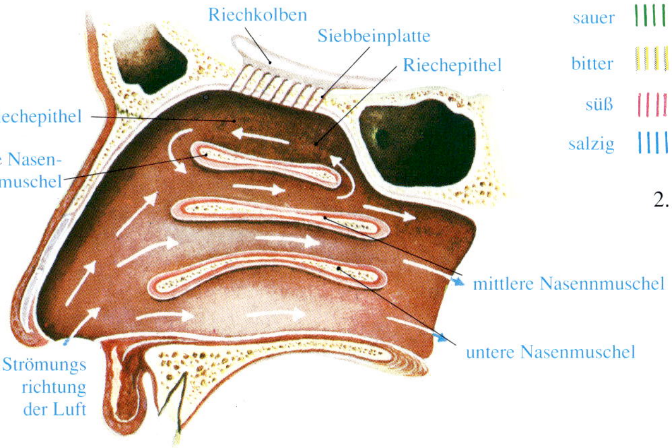

3. Riechschleimhaut

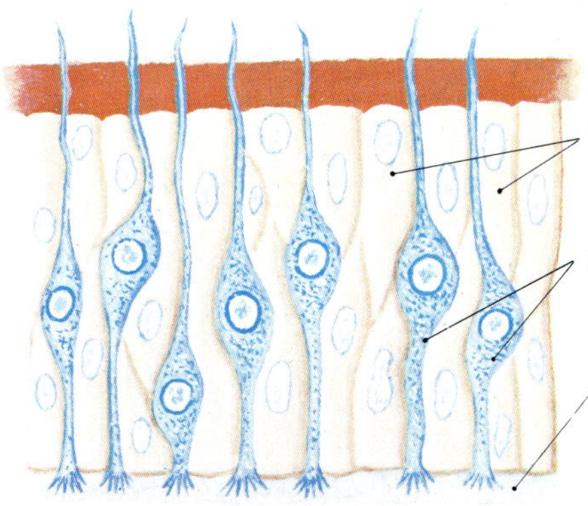

4. Geruchsrezeptoren

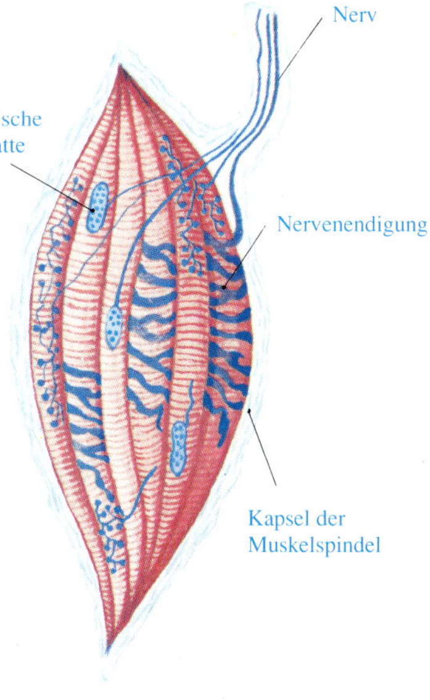

5. Neuromuskuläre Spindel

Das Nervensystem

Das Nervensystem hat in erster Linie die Aufgabe, spezifische Zellen, die Reize empfangen (Rezeptoren) mit jenen, die eigens dazu bestimmt sind, Antwort zu geben (motorisch oder sekretorisch), zu verbinden. Aber die Aktivität des Organismus zu einer bestimmten Zeit ist außerordentlich komplex, weil die Anzahl der genannten Zellen (»Effektorzellen«), die gleichzeitig oder aufeinanderfolgend eine Funktion ausführen, sehr groß ist. Ebenso zahlreich sind die Rezeptoren, die zugleich erregt werden; das Nervensystem muß jedoch jede Information, die es vom sensorischen Apparat empfängt, aufnehmen und angepaßte Befehle an die Ausführungsorgane weitergeben, damit eine koordinierte Antwort erfolgt. Nur dadurch kann eine den momentanen Umständen bestmöglich angepaßte Aktivität des Individuums entstehen. Die sensorische Aufnahme und die motorische Koordination werden vom eigenen funktionellen Zustand des Nervensystems beeinflußt, das Informationen und die daraus resultierenden Erfahrungen als sogenanntes »Gedächtnis« speichern kann. Aber nicht nur das: Es führt auch einzelne Funktionen aus, die sich als Gedankengänge, Abstraktionsfähigkeit, Bewußtseinszustand etc. manifestieren, die man nur schwer genau charakterisieren kann. Diesen Komplex nennt man »höhere Funktionen«. Schließlich erhält das Nervensystem sowohl von den Rezeptoren als auch von übergeordneten Zentren zahlreiche Botschaften, wodurch sich ein besonderer Bewußtseinszustand bildet.

Ein Teil dieser Botschaften wird ins Kurzzeitgedächtnis aufgenommen und dem Handeln der höheren Aktivitäten des zentralen Nervensystems untergeordnet. Dadurch entsteht ein Modell koordinierter Aktivität, das auf die verschiedenen Ausführungsorgane (→ 1) übertragen wird.

Aufbau des Nervensystems

Während der embryonalen Entwicklung bildet sich im äußeren Keimblatt eine Verdickung in Längsrichtung – die Neuralplatte –, die sich nach und nach zum Neuralrohr umformt (→ 2). Am vorderen Anteil des Neuralrohres bilden sich drei Bläschen, deren Wände Proencephalon (Vorderhirn), Mesencephalon (Mittelhirn) und Rhombencephalon (Rautenhirn) genannt werden. Aus Verdickungen und Segmenten entwickeln sich die einzelnen Teile des Nervensystems.
Aus dem ersten Bläschen entstehen die beiden Seitenventrikel (erste und zweite Hirnkammer) und die dritte Hirnkammer. Das Vorderhirn wandelt sich in das Thelencephalon (Endhirn; Gehirnhemisphären, Basiskerne) und das Diencephalon (Zwischenhirn; Thalamus, Hypothalamus, Hypophyse, Epiphyse) um. Das Endhirn umgibt die erste und zweite Hirnkammer und das Zwischenhirn die dritte.
Das zweite Bläschen wandelt sich in ein gerades Rohr – *Aquaeductus Silvii* – um. Das Mittelhirn differenziert sich zur Vierhügelplatte und den Hirnstielen *(Pedunculi cerebri)*. Aus dem dritten Bläschen bildet sich die vierte Hirnkammer und aus dem Rautenhirn entsteht das Mittelhirn (Kleinhirn und Brücke) und das Nachhirn (Myelencephalon; verlängertes Mark). Die übrigen Teile des Neuralrohres entwickeln sich zum Rückenmarkskanal und Rückenmark (→ 5).
Das Nervensystem wird von hochdifferenzierten Zellen aufgebaut, die der Nervenleitung dienen.
Die Nerven verbinden das zentrale Nervensystem, die Rezeptoren und die Erfolgsorgane. Vom Gehirn gehen 12 Nervenpaare (Hirn- oder Kopfnerven) ab und vom Rückenmark 31 Paare (Spinal- oder Rückenmarknerven (→ 4).
Gehirn und Rückenmark liegen eingebettet im Schädel bzw. in der Wirbelsäule. Zwischen der Innenfläche der Schädelknochen und dem Gehirn liegen drei Häute, die Meningen, und eine spezielle Flüssigkeit = Hirnflüssigkeit *(Liquor cerebrospinalis)*, die auch die Hirnkammern und den Rückenmarkskanal ausfüllt. Die äußere Hirnhaut *(Dura mater)* liegt dem Schädelknochen eng an und die innere *(Pia mater)* dem Gehirn

Funktionen und Strukturen

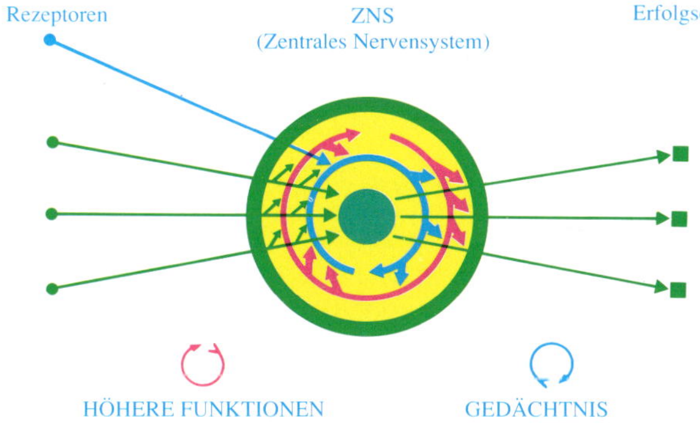

1. Schema der Funktionen des Nervensystems

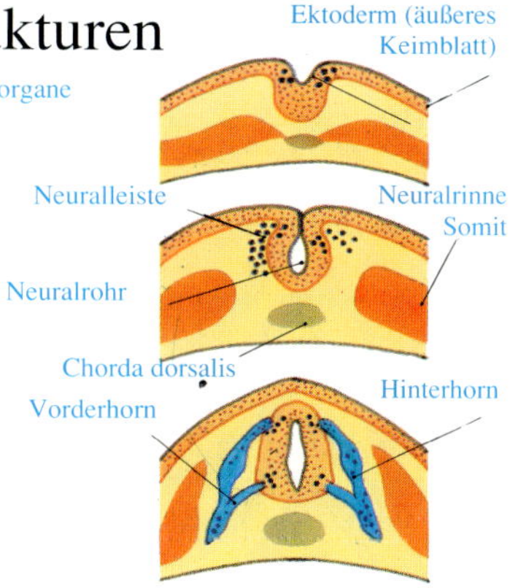

2. Entwicklung des Neuralrohres

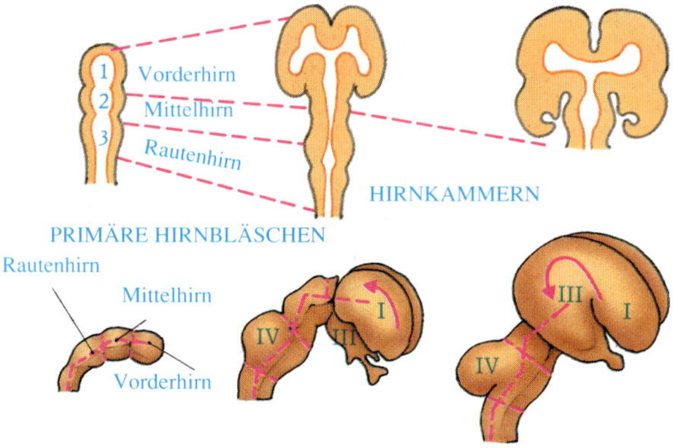

3. Evolution des Neuralrohres und Bildung des Gehirns (von vorne und seitlich)

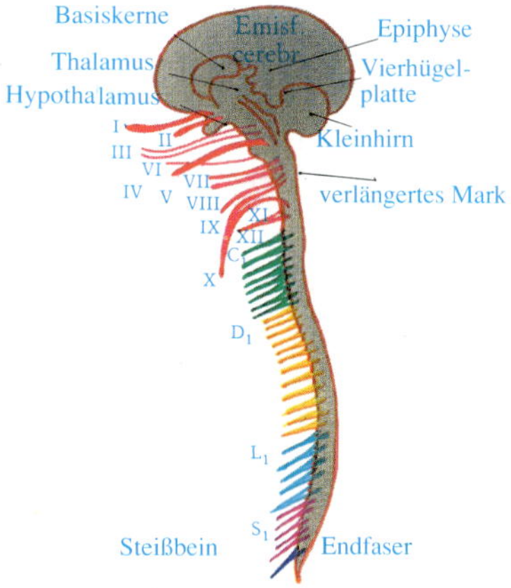

4. Gehirn, Rückenmark, Hirn- und Rückenmarksnerven

		Hintere Region	Vordere Region
1. Bläschen Vorderhirn	I. u. II. Hirnkammer (Seitenventrikel)	Hirnhemisphären Basalkerne Balken	
	III. Hirnkammer Zwischenhirn	Epiphyse	Thalamus Hypothalamus Hypophysenhinterlappen
2. Bläschen Mittelhirn	Aquaeductus silvii Mittelhirn	Vierhügelplatte	Hirnstiele
3. Bläschen Rautenhirn	IV. Hirnkammer – Mittelhirn	Kleinhirn	Brücke
	IV. Hirnkammer – Rückenmark		Verlängertes Mark
Restliches Neuralrohr	Rückenmarkskanal	Rückenmark	

5. Abstammung der verschiedenen Teile des ZNS

und dem Rückenmark. Zwischen diesen beiden Häuten liegt die Spinngewebshaut (Arachnoidea). Die *Pia mater* und die Arachnoidea sind durch drei Bälkchen miteinander verbunden. Sie werden gemeinsam als Leptomeningen bezeichnet. Zwischen den beiden befindet sich Hirnflüssigkeit, die von einem spezifischen Gewebe in den Hirnkammern, dem *Plexus choroideus*, gebildet wird. Diese Flüssigkeit wird ständig erneuert und von Blut-, Lymphgefäßen und den »Pacchionischen Granulationen« der Spinngewebshaut absorbiert und abtransportiert. Sie ist farblos, ungerinnbar und zellarm.

Neurone: Als Neuron bezeichnet man die Einheit aus Zellkörper mit Zellkern und zytoplasmatischen Ausläufern (Zellfortsätze), von denen es zwei Arten gibt: A) Dendriten, die sich wie Bäume aufzweigen und B) Axone oder Neuriten. Jedes Neuron hat nur einen Neuriten (Axon → 2), der aus längsgerichteten Nervenfasern (Neurofibrillen) besteht. Er kann eine beachtliche Länge erreichen und seitliche Axone abgeben. Der Zellkörper ist jener Teil des Neurons, der den kugelförmigen Kern mit einem einzelnen Neuron, der den kugelförmigen Kern mit einem einzelnen Kernkörperchen (Nucleolus) enthält. Sein Zytoplasma zeigt die Struktur jeder anderen Zelle, aber auch spezifische Strukturen wie die Nisslkörperchen und Nervenfasern.

Nervenfasern: Man unterscheidet zwei Arten von Nervenfasern: markhaltige und marklose. Erstere sind eingehüllt in eine Fett-Eiweiß-Substanz, genannt »Myelin« (Mark), während die anderen als nackte Axone erscheinen. Alle Nervenfasern sind in der grauen Substanz marklos, einige erhalten in der weißen Substanz eine Markscheide (das Mark = Myelin, verleiht dieser Region das weiße Aussehen). Wenn diese Fasern zu einem Nerv gebündelt werden, umgibt sie eine Bindegewebsmembran, das Neurilemm (→ 29). Die Nervenfaser wird von sogenannten Schwannschen Zellen umhüllt (Markscheide, → 3). An den Zellgrenzen entstehen Einschnürungen (Ranviersche Schnürringe) im Intervall von 0,8 – 1 mm Abstand. Die Schwannschen Zellen haben die Aufgabe, die Nervenfasern zu isolieren und zu schützen, wenn sie die Gehirn-Rückenmark-Achse verlassen (→ 3). Auch die myelinlosen Fasern stehen in Verbindung mit den Schwannschen Zellen, aber diese hüllen das Axon nicht komplett ein (→ 4).

Die Nerven: Das sind Vereinigungen von Nervenfasern unterschiedlichen Typs und Dicke, gleichgerichtet verlaufend, Bindegewebe enthaltend und vom zentralen Nervensystem ausgehend. Das kollagene Bindegewebe isoliert einzelne Fasergruppen voneinander und bedeckt den gesamten Nerv. Ein inneres Gefäßnetz verteilt das Blut an die Zellen (→ 5).

Synapsen: Jeder Nervenkörper bildet mit seinen Ausläufern eine anatomische und funktionelle Einheit des Nervensystems. Die Axone und ihre Seitenäste stehen in Kontakt mit anderen Neuronen oder mit anderen Zellen, die diesen untergeordnet sind. Kurz vor dem Axonende verlieren sie die Myelinscheide, sofern sie eine besitzen. Die Kontaktzone zwischen zwei Neuronen wird Synapse genannt. Die Synapsen liegen zwischen Neuronen und Dendriten oder Neuronkörper einer anderen, nie jedoch zwischen Dendriten und Axon ein und derselben Zelle. Morphologisch sind sie sehr unterschiedlich und ihre Anzahl in einem Neuron kann über einer Million liegen. Das zeigt, daß jedes Neuron ein Ort der Konvergenz vieler anderer ist. Im Elektronenmikroskop sieht man, daß das präsynatische Ende (Axon) von der Wand des Zellkörpers oder von Dendriten eines anderen Neurons einen Abstand von 150 – 500 Angström hat und zahlreiche Mitochondrien und Bläschen beinhaltet.

Nervenreiz

Ein adäquater Reiz auf ein Neuron führt zu einer Antwort. Wenn der Reiz stark genug ist, breitet sich die Veränderung auf die ganze Zelle aus (experimentelles Studium dieses Phänomens am Tintenfisch). Die plasmatische Membran ist, wie bei jeder lebenden Zelle, polarisiert; sie hat also eine ungleiche Verteilung elektrischer Ladungen

Neurone, Nervenfasern, Nerven

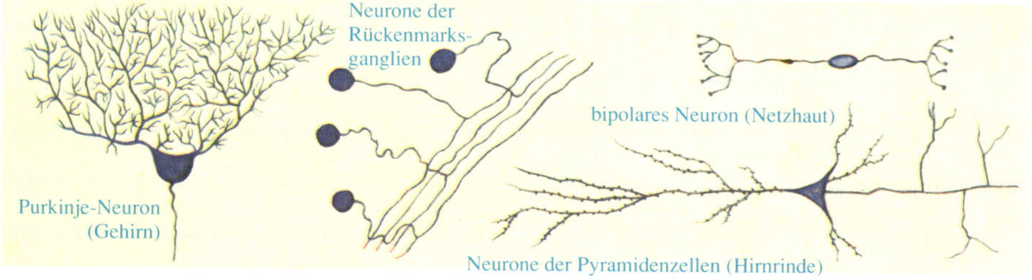

1. Verschiedene Neurontypen

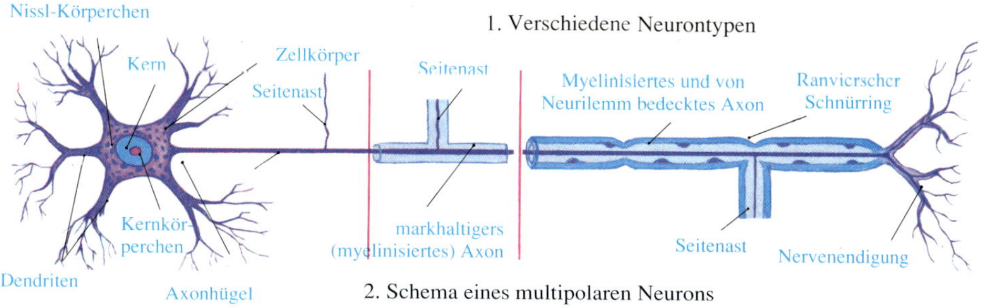

2. Schema eines multipolaren Neurons

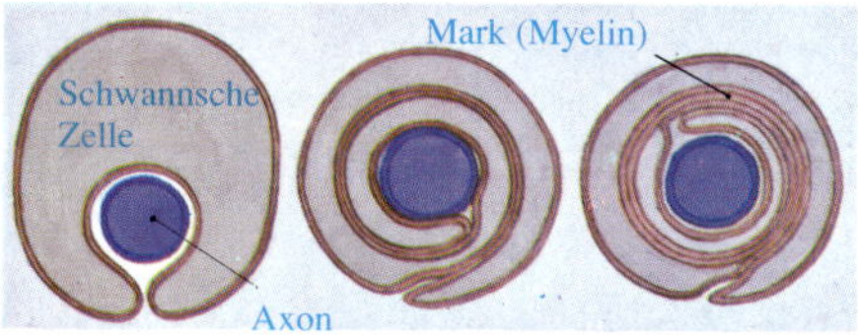

3. Die ersten Stadien der Myelinscheide nach der Hypothese der Abrundung

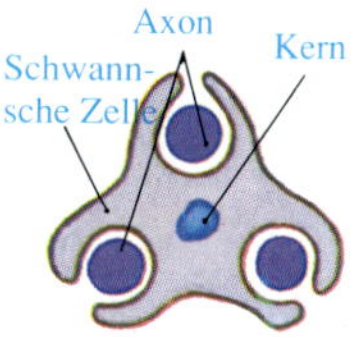

4. Relation der myelinlosen Fasern und der Schwannschen Zellen

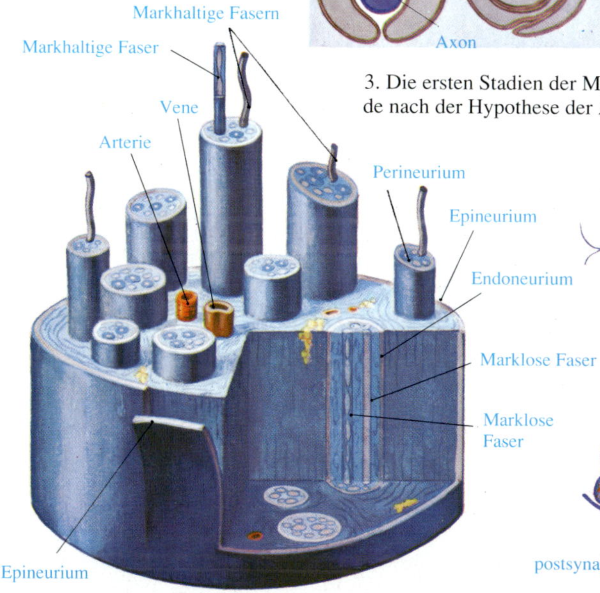

5. Verschiedene Teile eines peripheren Nervs

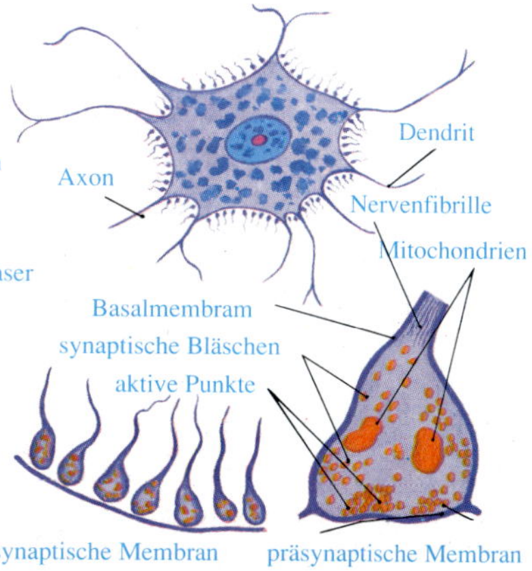

6. Synaptische Knöpfe auf einem Neuron und die Synapse im einzelnen

zwischen dem Inneren und Äußeren der Zelle und daher eine Potentialdifferenz. Die Zelloberfläche ist positiv geladen (→ 1). Dieses elektrische Ungleichgewicht hängt von der unterschiedlichen Durchlässigkeit der Membran verschiedener Ionen ab: Die großen organischen intrazellulären Anionen können nicht nach außen diffundieren, während das Kalium relativ leicht in beide Richtungen durchtreten kann; dafür ist die Durchlässigkeit für Natrium sehr gering und außerdem hat das Protoplasma die Eigenheit, die Natriumionen aktiv auszustoßen.

Als Resultat von all jenem stabilisiert sich eine Potentialdifferenz von ca. 80 mV. Jeder wirksame Reiz erhöht die Membrandurchlässigkeit und erlaubt auf Grund des Konzentrationsgradienten den Einstrom von Natriumionen (die Konzentration des Natriums in der Extrazellularflüssigkeit liegt 10 – 15mal höher als jene der intrazellulären). So wird das Ruhepotential vermindert, und wenn dieses unter einen bestimmten kritischen Wert fällt, wird das System aktiv: Die Natriumpenetration wird immer stärker und das Membranpotential kehrt sich um.

In der Praxis besitzt der Reizpunkt eine negative Ladung (die Polarisation). Zwischen diesem und der Umgebung beginnt eine Welle der Depolarisation, daß heißt ein »Fluß«. Die benachbarten Punkte depolarisieren sich und das Potential verschiebt sich. Wenn man diesen Prozeß sukzessive wiederholt, verschiebt sich das Aktionspotential entlang der Membran des Neurons; während sich die Erregungswelle ausbreitet, beginnt am ursprünglichen Punkt die Repolarisation. Das ist an den Transfer der Natriumionen vom Zellinneren nach außen gebunden, einen aktiven Prozeß, Natriumpumpe genannt. Das Ruhepotential einer Nervenfaser beträgt ca. 70 mV (Zelloberfläche positiv). Das Aktionspotential ca. 30 mV (Oberfläche negativ). All diese Veränderungen finden in wenigen tausendstel Sekunden statt. Um diese so kleinen und rasch ablaufenden Potentialveränderungen nachzuweisen, verwendet man Spezialeinrichtungen. Das am häufigsten verwendete Gerät ist das Oszilloskop (→ 3). Die nichtpolarisierten Elektroden werden innerhalb und außerhalb der Nervenfasern plaziert.

Der Nervenreiz ist daher eine negative Welle und führt in der Folge zu einer passageren Veränderung der Membrandurchlässigkeit. Die elektrischen Änderungen der Nervenleitung zeigen sich am Registriergerät als Kurve (→ 4), an der man 3 Teile unterscheidet: Spitze, negatives Nachpotential und positives Nachpotential. Ihre Höhe und Dauer sind für jede Faser konstant und hängen nicht von der ausgeübten Reizintensität ab; darüber hinaus ist auch die Ausbreitungsgeschwindigkeit konstant. Das einzige, das variieren kann, ist die Frequenz der Impulse. Diese wird durch die Dauer der Refraktionsperiode der Fasern begrenzt. Die Membran ist depolarisiert, ein neuer Reiz an jenem Punkt bleibt wirkungslos. In »rascheren« Fasern dauert die Repolarisation 0,4 m/sec. und daher ist die maximale Frequenz der Impulse theoretisch 250/sec.

Die Ausbreitungsgeschwindigkeit der Nervenimpulse hängt von der Faserbeschaffenheit und ihrem Durchmesser ab. Die myelinlosen Fasern leiten die Impulse langsamer weiter als die myelinhaltigen und unter diesen, jene mit größerem Durchmesser. Die Myelinscheide wirkt isolierend, wodurch die Polarisation des Axolemms bei myelonisierten nur im Bereich der Ranvierschen Schnürringe möglich ist. In diesem Fall breitet sich der Impuls sprunghaft aus (Saltatorische Leitung), was von bemerkenswertem Vorteil für den Leitungsmechanismus ist, weil es Energie spart und die Geschwindigkeit erhält. Wenn man einen wirkungsvollen Reiz setzt, der alle Fasern erregt und die Potentialveränderungen an einem der Stimulation benachbarten Punkt beobachtet, ist die graphische Darstellung ähnlich jener eines einzigen Nervenreizes. Wenn jedoch die Elektrode weiter entfernt vom Reiz liegt, verschiebt sich die Kurve um 3 Zacken oder mehr (→ 1), und jede Zacke entspricht einer Fasergruppe die die Impulse mit mittlerer Geschwindigkeit weiterleiten. Die höchste Leitgeschwindigkeit (von 80 – 150 m/sec.) haben die myelinisierten A-Alphafasern mit einem Durchmesser zwischen 12 und 20 Mycron, Triebkraft der Impulse für die somatische Muskulatur; die langsamsten sind die Fasern C ohne Myelin, mit einem kleineren Durchmesser als 1 Mycron, sie

Nervenreiz

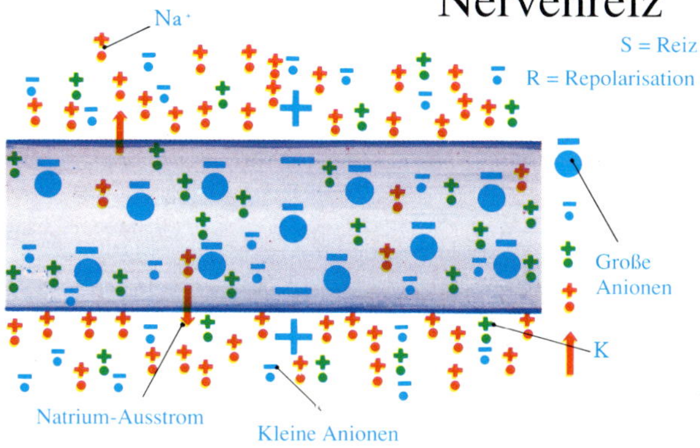

1. Ungleiche Ionenverteilung zwischen Innerem und Äußerem einer Nervenfaser und Entstehung des Membranpotentials

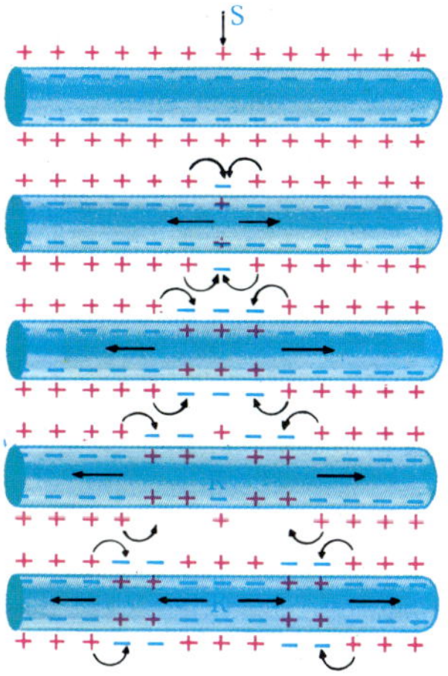

2. Entstehung und Ausbreitung eines Nervenreizes und Repolarisation

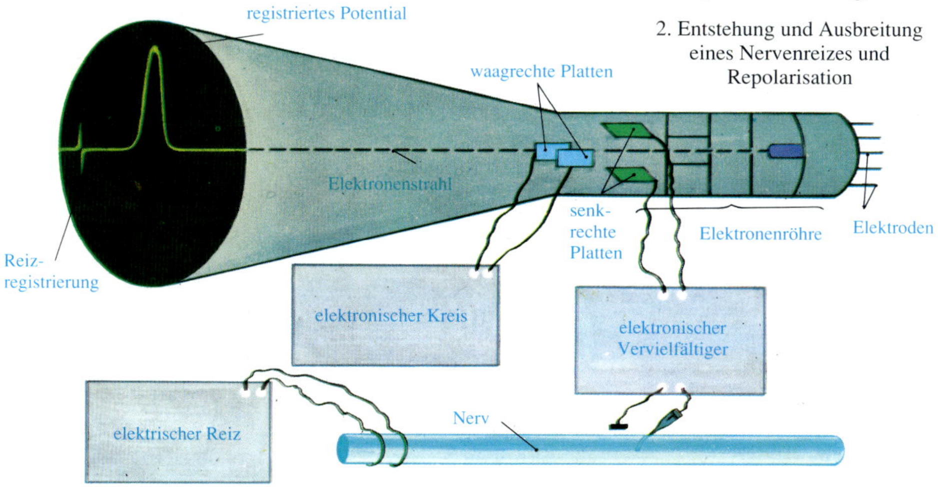

3. Schema eines Oszilloskops

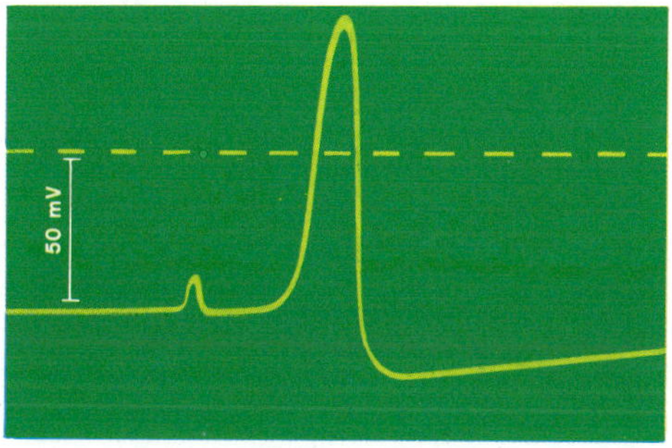

4. Oszillogramm eines Nervenreizes

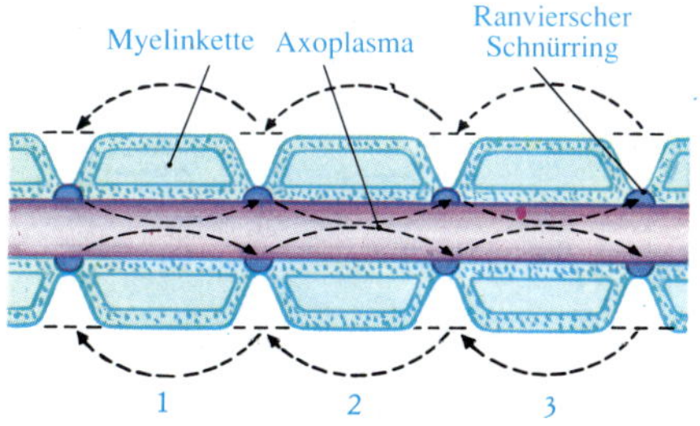

5. Sprunghafte (saltatorische) Leitung einer myelinisierten Faser

kommen zum Großteil im autonomen Nervensystem vor und leiten mit 1 – 2 Meter pro Sekunde.
Einige Neurone können rhythmische Impulse aussenden, unabhängig von äußeren Reizen; andere werden von Rezeptoren erregt, oder als Folge von Milieuveränderungen. Weitere erhalten ihre Impulse von anderen Neuronen. In allen Fällen entlädt ein aktiviertes Neuron nicht nur einen Impuls, sondern eine Serie von gleichen, deren Anzahl von der Reizintensität und dem funktionellen Zustand, in dem er sich befindet, abhängt (→ 2).

Erregungsübertragung in Synapsen: Das Erreichen eines Nervenreizes einer Synapse führt zur Entladung der in den Vesikel gespeicherten Substanz (chemischer Mediator oder Neurotransmitter), die in die Zwischennervenräume übertritt und lokal zu einer Veränderung der Membrandurchlässigkeit und des postsynaptischen Neurons führt. Wenn die Durchgängigkeit des Natriums steigt, dient die stimulierte Zone als Ionenleiter und um die Zelle bildet sich ein Stromfluß (→ 3). Ein einziger Nervenreiz ist nicht fähig, das Membranpotential des Axonkegels, in dem die Entladung des zweiten Neurons beginnt, bis zum kritischen Wert zu senken.
Es entsteht ein postsynaptisches Erregungspotential, das ca. 10 – 20 Meter pro Sekunde dauert. Wenn in diesem Intervall neue Impulse folgen, häufen sich ihre Wirkungen und können die Schwelle der Entladung erreichen (zeitliche Summation).
Das Phänomen der örtlichen Summation ist das gleichzeitige Erreichen der Nervenimpulse durch zwei oder mehrere Neurone, da jedes Neuron zahlreiche Endungen von diversen anderen Neuronen empfängt. Der kombinierte Effekt der lokalen Depolarisation in verschiedenen Punkten bringt das Erregungs- und postsynaptische Potential zum Steigen über den kritischen Punkt. Das postsynaptische Neuron entlädt eine Folge von Impulsen mit so hoher Frequenz, wie sie dem Erregungszustand entspricht. Einige präsynaptische Endungen sondern eine Hemmsubstanz ab, die die Membran überpolarisiert und den Erregungsprozeß erleichtert. In diesem Fall spricht man von einem postsynaptischen Hemmpotential. Die Übertragung der Erregungswelle in Synapsen erfolgt nur in einer Richtung, vom Axon oder Dendriten des ersten Neurons zum Zellkörper des zweiten. Ein anderes wichtiges Charakteristikum der Synapsen ist, daß sie, wenn sie in Aktivität versetzt werden, häufig auf Dauer begünstigt bleiben, was die Verarbeitung von Lern- und Gedächtnisprozessen beeinflußt.

Überleitung zum Erfolgsorgan: Die Organe, die aktiviert werden, oder den Eigenrhythmus als Folge eines Nervenreizes verändern, antworten mit bestimmten chemischen Substanzen, die sie aus ihren Enden abgeben. So bildet die Endung einer motorischen Nervenfaser in einen Muskel eine komplexe Struktur, die man motorisch Endplatte nennt (→ 4). Zwischen den Endästen der Axone und dem Sarkolemm der Muskelfaser bleibt ein Spalt, vergleichbar mit dem Synapsenspalt, in dem sich, wenn ihn ein Impuls erreicht, der Inhalt zahlreicher Vesikel ergießt, die im Axoplasma der Nervenendungen vorhanden sind.
Der chemische Mediator ist das Acetylcholin, das auch in anderen Organen und in zahlreichen Synapsen wirkt. Die Eigenschaften der motorischen Endplatten sind ähnlich den Synapsen, jedoch genügt hier ein einzelner Nervenimpuls, um eine Kontraktion der Muskelfaser auszulösen.

Nervenreiz

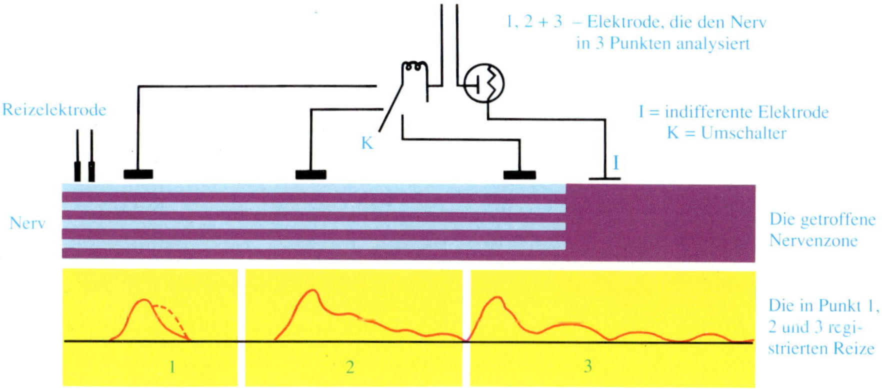

1. Registrierung der Potentialschwankungen in einem Nerv

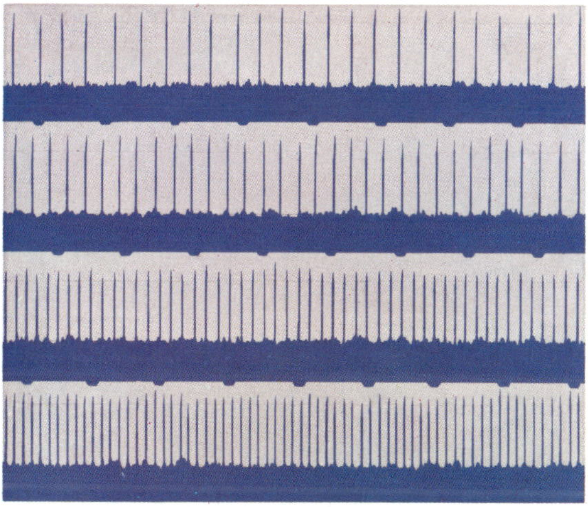

2. In einer Nervenfaser nimmt die Impulsfrequenz mit der Reizintensität zu

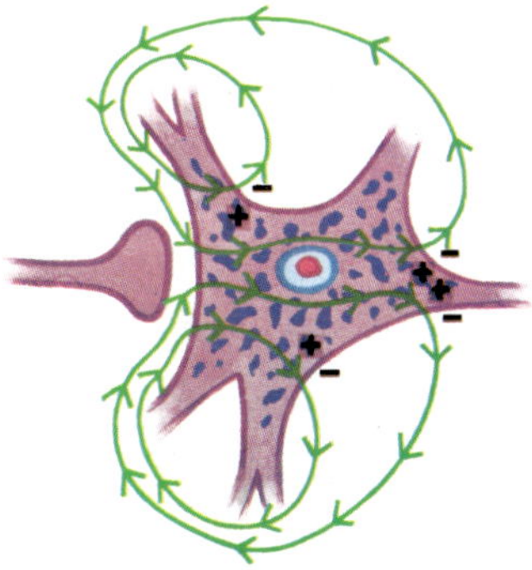

3. Fluß in einem postsynaptischen Neuron durch die Entladung einer chemischen Substanz im synaptischen Knopf

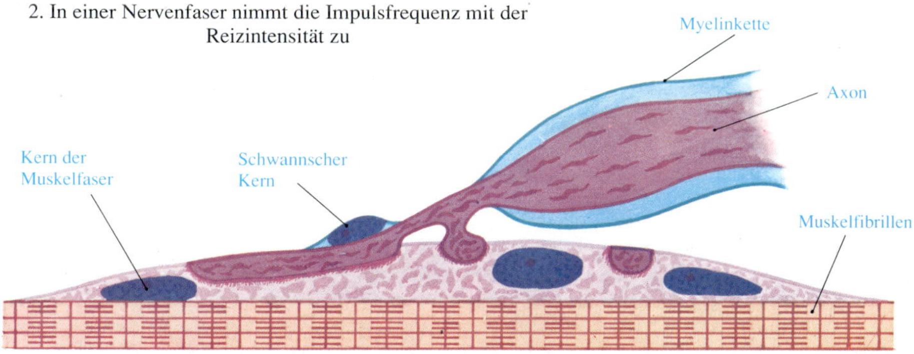

4. Schematische Darstellung einer motorischen Endplatte

Die Nervenbahnen

Alle Neurone des Nervensystems sind direkt oder indirekt miteinander verbunden. Wenn ein Neuron in Aktion tritt, kann die Erregungswelle theoretisch jeden Punkt des Systems erreichen. Jedoch der synaptische Spalt leistet dem Aktionsstrom Widerstand, ein variabler Widerstand, der vom postsynaptischen Potential abhängt. Daher kann der Reiz nur über wenige Bahnen fortgeleitet werden, nämlich über jene des geringsten Widerstandes.
Es ist für das Zentralnervensystem charakteristisch, daß sich die Neurone in bestimmte Zonen gruppieren und auf bestimmte Art organisieren. Die großen langen Nerven sind im Rückenmark, in den Vorderhörnern als Spinalnerven (Rückenmarknerven) lokalisiert und treten mit den Muskeln in Kontakt. Zu ihnen ziehen auch Nervenendigungen anderer Nerven unterschiedlicher Lokalisation (Dorsale- oder Spinalganglien der Region 4 der Hirnrinde, (siehe Seite 79, roter Kern, *Nucleus vestibularis* etc.). In der Hirnrinde gibt es pyramiden- und sternförmige Neurone verschiedenen Typs, die untereinander verbunden sind und Kreise unterschiedlicher Komplexität bilden. Die absteigenden Äste ihrer Axone verbinden sie mit anderen Neuronengruppen, diese wiederum erhalten afferente Fasern, die hauptsächlich vom Thalamus kommen.
Die verschiedenen Äste des Axons eines Neurons verzweigen sich und können sich mit zwei oder mehreren Neuronen verbinden. Diese verbinden sich wieder mit mehreren Neuronen usw. (→ 2). Eine solche Anordnung nennt man divergierender Kreis und Verstärker, der eine ausgedehnte Antwort des Organismus auf lokale Reize ermöglicht. Andererseits empfängt jedes Neuron im allgemeinen zahlreiche Nervenendigungen von verschiedenen Neuronen, wodurch der konvergierende Kreis gebildet wird (→ 3). Dadurch reagiert der Organismus auf verschiedene Reize gleich.
Häufig bestehen wechselseitige Verbindungen zwischen Neuronen, wobei zwei aufeinanderfolgende auch einen direkten oder indirekten Kontakt in Gegenrichtung knüpfen können (→ 4), sodaß der Nervenstrom den Kreis erneut durchläuft (rekurrenter Kreis oder reflektierender). Es gibt zahlreiche Funktionen, die diese Nervenketten im Nervensystem auslösen können. Schließlich zwingen die Parallelkreisläufe das Neuron zum wiederholten Entladen als Antwort auf einen Reiz.
Dadurch, daß sich die verschiedenen Kreisläufe kreuzen, einige Neurone spontane rhythmische Aktivität zeigen und das Nervenzentrum ständig von Impulsen zahlreicher Rezeptoren erreicht wird, kann man sich die Komplexität von Funktionsabläufen erklären.

Reflex: Die Stimulation bestimmter Rezeptoren ruft neben anderen immer dieselbe Antwort hervor. Die Reflexe sind automatische Antworten auf bestimmte Reize, die dem Schutz des Organismus dienen oder gewohnte Aktivitäten ausführen, ohne daß höhere Nervenzentren eingeschaltet werden müssen. Der bestimmte Weg der Nervenreize vom Rezeptor zum Erfolgsorgan wird als Reflexbogen (→ 6) bezeichnet. Solche Bögen können sehr einfach sein, wie die Sehnenreflexe, die monosynaptisch sind, oder sehr komplex, wie jene, die für das Gehen wichtig sind, oder solche für das Atmen, damit der Rhythmus an den Bedarf angepaßt wird.
Die Reflexe werden in unkonditionierte und konditionierte eingeteilt. Die ersten sind angeboren; der Reflexbogen läuft im Rückenmark oder im Hirnstamm, aber ohne Beteiligung der Hirnrinde. Die konditionierten (bedingten) Reflexe hingegen sind eigens an diese höheren Funktionen (Verstand, Gedächtnis etc.) gebunden. Ein typisches Beispiel ist die Speichelsekretion als Folge von visuellen Reizen (der Anblick einer Speise läßt einem »das Wasser im Mund zusammenlaufen«, beschrieben auf Seite 31.)

Die sensiblen Bahnen

Die Nervenströme, die in Rezeptoren des gesamten Körpers gebildet werden, gelangen über sensorische und gemischte Nerven in die Hirn-Rückenmark-Bahnen: 31 Paar Rückenmarknerven und 7 Paar Hirnnerven

Nervenbahnen

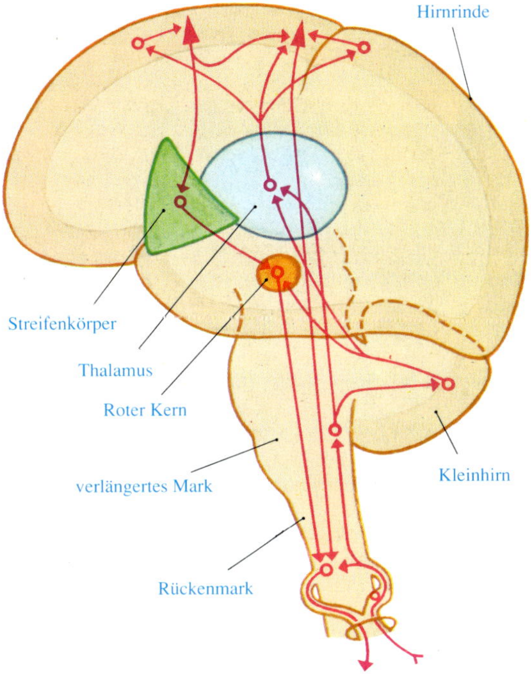

1. Schema der funktionellen Hauptkreisläufe des Nervensystems

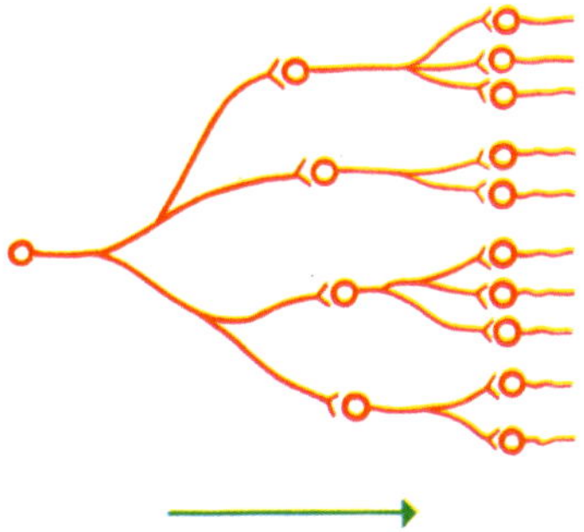

2. Divergierender Kreis

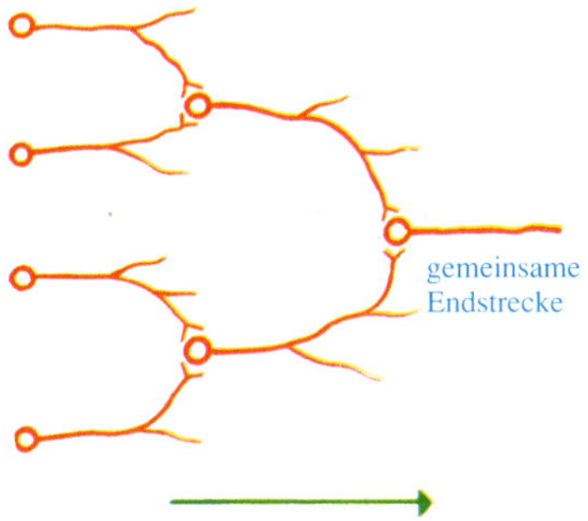

3. Konvergierender Kreis

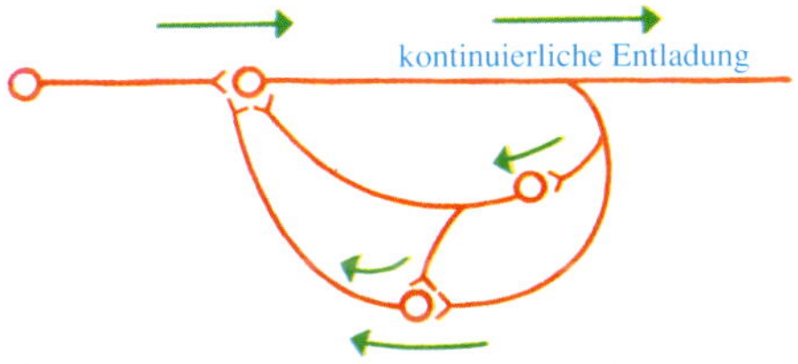

4. Sich wiederholender Kreis

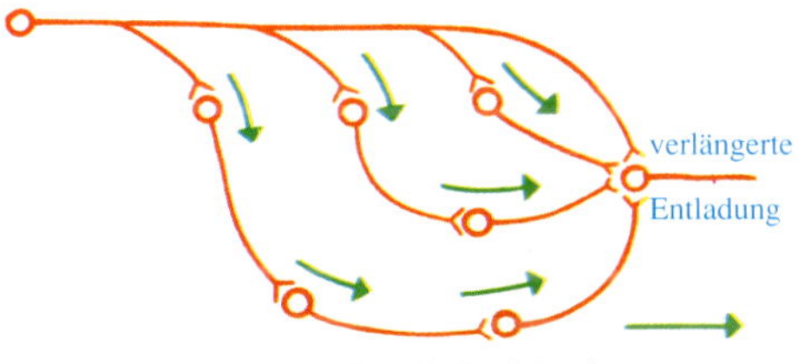

5. Parallelkreislauf

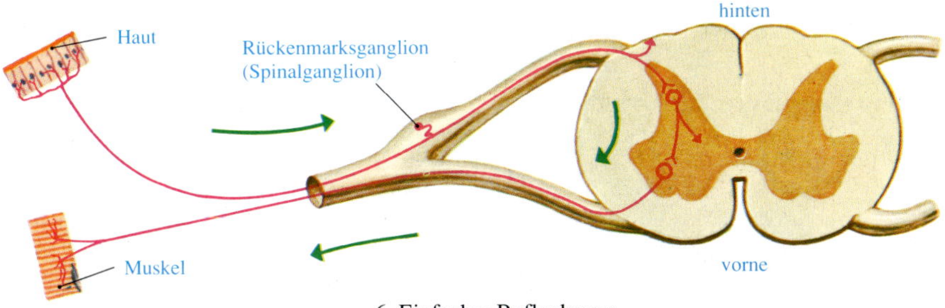

6. Einfacher Reflexbogen

(I, II, V, VII, VIII, IX, X) führen sensible Fasern.(Die Nerven I, II und VIII sind ausschließlich sensorisch.) Schon in den Nervenbahnen zweigen sich diese Fasern auf und treten mit vielen anderen Neuronen in Kontakt (→ 1), sodaß der Fluß der gesandten Reize die automatischen Antworten bestimmter Erfolgsorgane auslösen kann.

Oberflächensensibilität: Sie kommt von Hautrezeptoren und Propriozeptoren. Das erste Neuron liegt im Spinalganglion und in jenen der V., VII., IX. und X. Hirnnerven. Sein Neurit tritt über das Hinterhorn eines Spinalnerves und die entsprechenden Hirnnerven ins Rückenmark ein. Die von den Schmerz- und Temperaturrezeptoren kommenden Fasern haben eine unmittelbare Synapse mit einem zweiten Neuron, dessen Axon auf die Gegenseite wechselt und entlang der spinothalamischen Bahnen bis zum Thalamus zieht. Die Tast- und Propriozeptoren verlaufen entlang der Hintersäule ohne Synapse bis zum verlängerten Mark. Dort sind die Synapsen mit den dem 2. Neuron, das auf die Gegenseite kreuzt und entlang des *Lemniscus medialis* bis zum Thalamus zieht (viele der von den Propriozeptoren kommenden Fasern folgen der Bahn des spinocerebelären Bündels, um ins Kleinhirn zu gelangen: unbewußte Sensibilität).
Im Thalamus erfolgt die erste bewußte Darstellung der Wahrnehmung. Von den Kernen des Thalamus ziehen, nachdem sie im Thalamus das dritte Neuron gebildet haben, Fasern zu den sensiblen Zentren der Hirnrinde, die sich hinter der Rolandschen Furche befinden. Dort wird exakt die gesamte Körperoberfläche dargestellt, aber die Größe der Areale in der Hirnrinde korreliert nicht mit der Hautfläche, sondern hängt von der Anzahl der Rezeptoren im jeweiligen Hautgebiet ab (→ 2).

Geschmacksbahn: Von den Geschmacksrezeptoren ziehen Fasern der VII., IX., und X. Hirnnerven zum verlängerten Mark und bilden mit dem Kern des *Tractus solitarius* Synapsen.
Das zweite Neuron zieht von diesen zum Thalamus der Gegenseite. Die dritten Neurone ziehen von dort zur Projektionsfläche des Geschmacks am Fuß der hinteren Zentralwindung (→ 3).

Riechbahn: Der Rezeptor ist gleichzeitig das erste Neuron. Sein Axon endet im Riechkolben und bildet Synapsen mit den sogenannten Mitralzellen (2. Neuron), deren Axone den sogenannten *Tractus olphactorius* (I. Hirnnerv) bilden. Diese Fasern erreichen verschiedene Teile der Hirnrinde, ohne durch den Thalamus zu laufen (→ 4). Der Großteil zieht zum *Nucleus amygdaloideus* (Mandelkern). Die Lage der Projektionsfläche des Geruchs in der Hirnrinde ist ungewiß.

Sehbahn (→ 5): Die Reize werden von den Stäbchen und Zapfen der Netzhaut über das erste Neuron (bipolares Neuron) und das zweite Neuron (ganglionäres Neuron) geleitet, dessen Neuriten im Sehnerv bis zur Sehnervenkreuzung ziehen. Die Fasern des dritten Neurons breiten sich bis zum Sehzentrum in der Hirnrinde (Region 17) aus *(Radiatio optica)*.

Hörbahn: Die Haarzellen des Cortischen Organs verbinden sich mit dem bipolaren Neuron des Spiralganglions, dessen zentripedalen Fasern den Hörast des VIII. Hirnnervs bilden. Diese enden im *Nucleus cochlearis* des verlängerten Marks, von dem Nervenfasern zum Thalamus ziehen. Die dritten Neurone verbinden Thalamus und Region 41 der Hirnrinde.

Gleichgewichtsbahn: Obwohl der Großteil der Impulse, die von den Gleichgewichtsrezeptoren kommen, automatische, motorische Antworten auslösen (Labyrinthreflexe), erreichen einige die Hirnrinde. Ihre Lokalisation ist nicht genau bekannt.

Regulation der Motorik: Die Muskeln werden als Folge von Nervenimpulsen aktiviert und verändern ihre eigene innere Aktivität. Die Neurone, die in diesen Prozeß verwickelt sind, bilden die motorischen Bahnen. Diese verlassen die Hirn-Rückenmark-Achse über motorische oder gemischte Nerven, das heißt über die 31 Rückenmarksnervenpaare und den III., IV., V., VI., VII.,

Sensible Bahnen

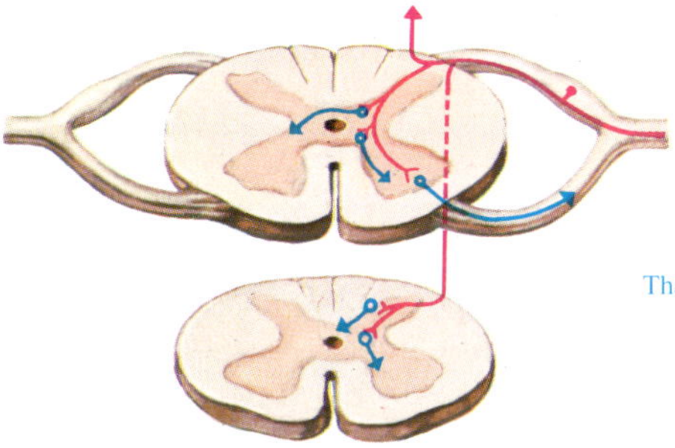

1. Einige Verbindungen eines afferenten (zuführenden) Neurons

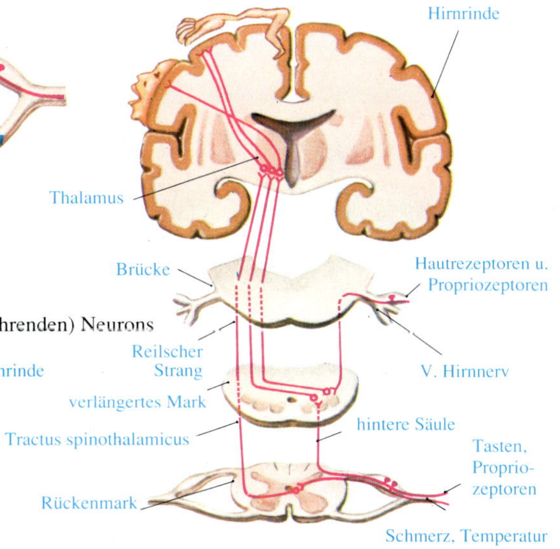

2. Schematische Darstellung der somatotopen Organisation der Hirnrinde

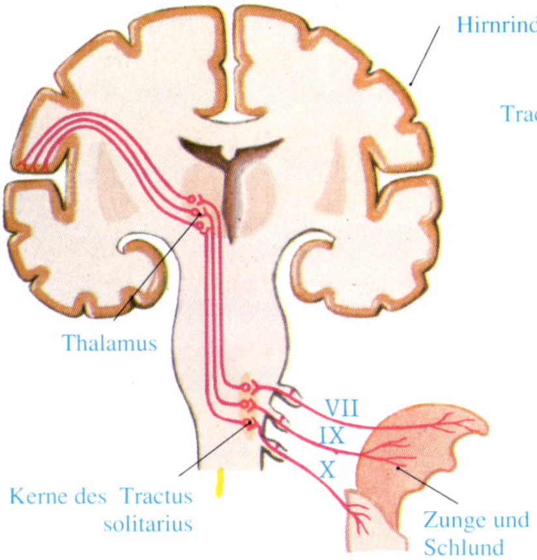

3. Geschmacksbahn

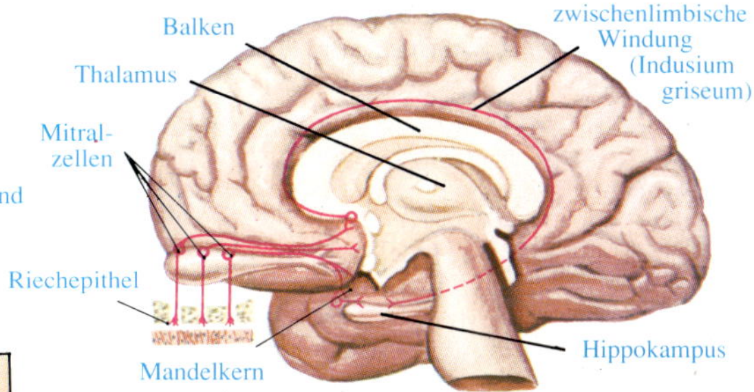

4. Riechbahn

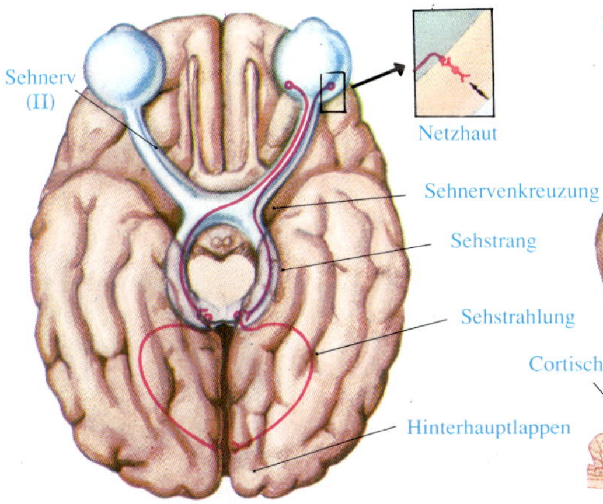

5. Sehbahn

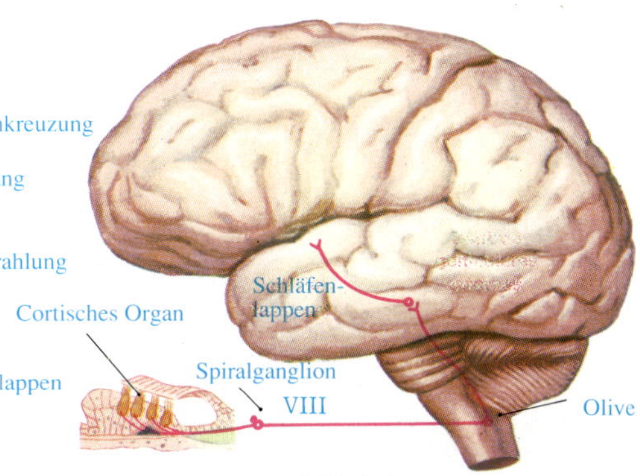

6. Hörbahn

IX., X., XI. und XII. Hirnnerv. Man unterscheidet motorisch-somatische Bahnen, die zu den Skelettmuskeln ziehen, viscerale Bahnen und das autonome Nervensystem, das auf die glatte Muskulatur, den Herzmuskel und die Drüsen wirkt.
Betrachten wir nun die motorisch-somatischen Bahnen: Die Muskelfasern eines gestreiften Muskels werden von Neuronen versorgt, deren Neuronenkörper in der Hirn-Rückenmark-Achse liegt, das heißt: die Nervenfasern ziehen direkt zu den Muskeln ohne Beteiligung des zentralen Nervensystems. Diese motorischen Endneurone liegen in den Vorderhörnern des Rückenmarks und in den motorischen Kernen der Hirnnerven. Jedes von ihnen versorgt eine gewisse Anzahl von Muskelfasern, je nach Anzahl der Äste, in die sich sein Axon aufzweigt, wenn es den Muskel erreicht. Das Motoneuron mit all seinen zu versorgenden Muskelfasern nennt man motorische Einheit (→ 1). Dadurch zieht sich der gestreifte Muskel nicht spontan zusammen, sondern seine Funktion unterliegt völlig der Aktivität des Neurons, das ihn versorgt. Daraus erklärt man sich, daß die Feinheit der Muskelbewegung von der Größe ihrer motorischen Einheit abhängt: So werden bei den Augenmuskeln sechs, beim Gesäßmuskel 750 Muskelfasern von je einem Neuron versorgt. In jedem der motorischen Neurone kommen viele andere zusammen, von welchen wir folgende kennen:
1. die afferenten, die von Propriozeptoren desselben Muskels kommen;
2. die Interneurone, die mit verschiedenen Hautrezeptoren verbunden sind;
3. die Neurone der Hirnrinde, die ohne Unterbrechung bis zur Höhe der besagten Motoneurone ziehen;
4. die zugehörigen Neurone der verschiedenen subkortikalen Kerne (→ 2).

Ob das Neuron sich in einem bestimmten Moment endgültig entlädt oder nicht, hängt, wie auch die Intensität und Dauer der Entladung, von verschiedenen Faktoren ab. Von der Reizstärke auf ein spezielles Motoneuron hängt die Kontraktion einer Faser eines bestimmten Muskels ab. Die Motorik eines Individuums ist daher das Resultat von aufeinanderfolgenden und in Intensität und Dauer angepaßten Kontraktionen verschiedener Muskeln: Dazu müssen sich viele Motoneurone nach einer bestimmten Ordnung entladen. Auf allen Ebenen des Zentralnervensystems sind grundlegende Schemen der motorischen Koordination eingeprägt, sodaß die Rezeptorstimulation eine Serie von koordinierten und direkten Reflexbewegungen auslösen kann, um auf eine bestimmte Situation zu reagieren, ohne daß übergeordnete Zentren eingeschaltet werden müssen.

Pyramidenbahnen: Von der Region 4 der Hirnrinde ziehen Nervenfasern zu allen Motoneuronen des Hirnstamms und des Rückenmarks. Sie beginnen in den Betzschen Pyramidenzellen der 5. Rindenschicht; ihre geordnete Verteilung erlaubt die Zuordnung der Körpermuskeln zu bestimmten Rindenregionen (→ 3).

Extrapyramidalbahnen (→ 4): Als solche bezeichnet man anatomisch betrachtet alle motorischen Bahnen, die von höheren Zentren kommen und nicht zum Pyramidensystem gehören. Das Extrapyramidalsystem umfaßt drei Ebenen: Hirnrinde (speziell Region 6), Kerne des Endhirns (Kerne der Basis, Luys-Körper) und Kerne des Hirnstamms (roter Kern, *Substantia reticularis,* Gleichgewichtskern).
Das Pyramidensystem ist für die willkürliche Bewegung zuständig, das Extrapyramidale für die Muskelspannung, die automatischen Bewegungen und die Mimik.

Autonomes Nervensystem: Für die viscerale Aktivität des Organismus sind spezielle Teile des Nervensvstems zuständig, die, obwohl sie mit den anderen eine Einheit bilden, getrennt beschrieben werden, um ihre Charakteristik zu unterstreichen. Primär handelt es sich um ein automatisches, unwillkürliches Regulationssystem. Anatomisch charakteristisch für die viscerale Motorik ist die außerhalb der Gehirn-Rückenmark-Achse liegende Synapse: Das Axon des ersten Neurons, das im Rückenmark oder im Hirnstamm liegt, tritt aus dem Zentralnervensystem aus und knüpft in irgendeinem Ganglion des Systems Kontakt mit einem zweiten

Regulation der Motorik

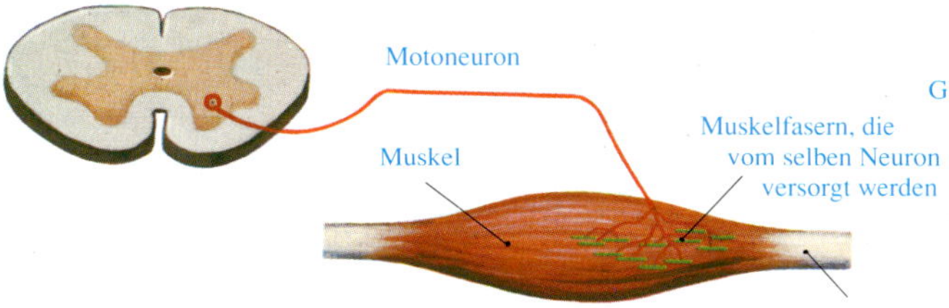

1. Motorische Einheit

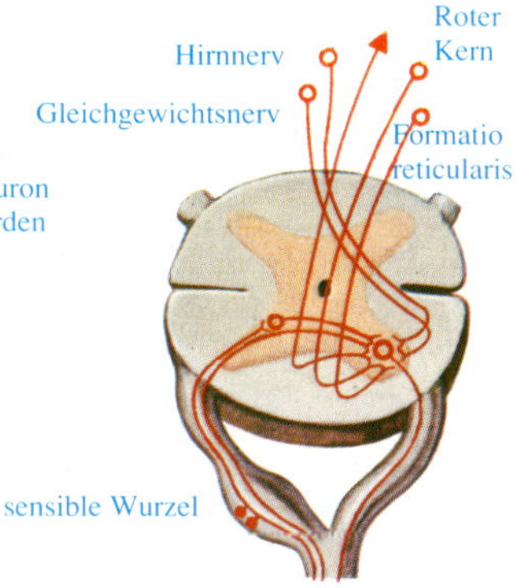

2. Konvergenz der Fasern

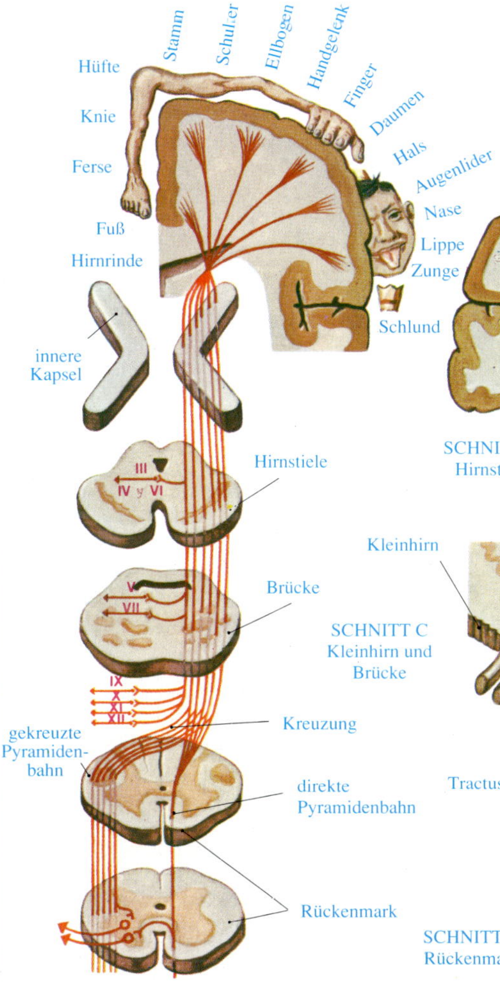

3. Pyramidenbahnen

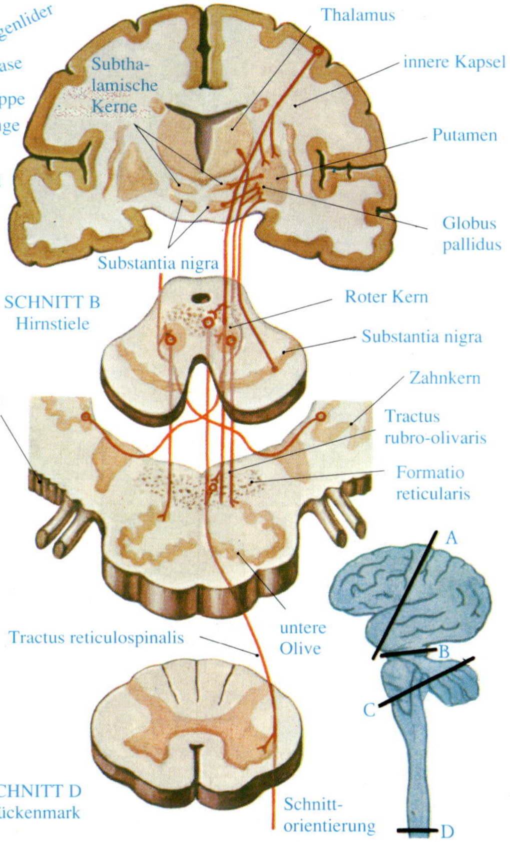

4. Extrapyramidalbahnen

Neuron. Die Neuriten dieses zweiten Neurons reichen in die visceralen Organe (→ 1). Das autonome Nervensystem umfaßt zwei Teile: den Sympathicus und den Parasympathicus, die sich anatomisch und physiologisch unterscheiden. Der Großteil der visceralen Organe wird von beiden versorgt, da sie im allgemeinen gegenteilige Wirkung haben; das heißt, wenn der Sympathicus ein Organ stimuliert, hemmt es der Parasympathicus.

Der Sympathicus (→ 2): Die präganglionären Neurone des sympathischen Systems liegen in den Grenzsträngen der grauen Substanz des Rückenmarks, im Bereich der Brust- und oberen Lendenwirbelsäule. Ihre Fasern treten über die Vorderhörner der entsprechenden Rückenmarksnerven aus und gelangen über die Verbindungsäste zu den Ganglien der sympathischen Ketten, die zu beiden Seiten der Wirbelsäule liegen. Einige Fasern bilden in solchen Ganglien Synapsen; die Axone der Neurone treten über die grauen Verbindungsäste wieder in die Rückenmarksnerven ein und gelangen zu den Blutgefäßen, den Schweißdrüsen und den Haaraufrichtemuskeln der Haut. Andere Fasern steigen entlang der Kette auf und bilden in einigen Cervikalganglien Synapsen mit zweiten Neuronen. Die postganglionären Fasern erreichen über die grauen Verbindungsäste und die Rückenmarknerven die Erfolgsorgane (Tränendrüsen, Speicheldrüsen, Augenmuskeln, Herz, Lunge).
Andere präganglionäre Fasern gelangen entlang der sympathischen Kette zu Ganglien der Gegenseite *(Ganglion coeliacum, Ganglion mesentericum)*, wo sie Synapsen bilden und von wo Fasern zum Magen, zur Leber, zur Milz, zum Darm und zur Harnblase ziehen (→ 3). Das Nebennierenmark erhält direkte sympathische Fasern, daher kann man diese Struktur als sympathisches Ganglion betrachten, das in eine endokrine Drüse umgewandelt wurde.

Der Parasympathicus (→ 3): Die Fasern des Parasympathicus kommen vom Mittelhorn, vom verlängerten Mark und von der Kreuzregion des Rückenmarks und schließen sich den III., VII., IX., und X. Hirnnerven und den Beckennerven, die vom untersten Rückenmarkteil abgehen, an. Die parasympathischen Fasern des III. Hirnnervs bilden im *Ganglion ciliare* Synapsen; die postganglionären Fasern ziehen zum Muskel, der die Pupille verkleinert und zu den Muskelzügen des Strahlenkörpers. Jene, die mit dem VII. Hirnnerv ziehen, teilen sich auf, einige ziehen zum *Ganglion pterygopalatinum* und zum *Ganglion submandibulare*. Zum *Ganglion oticum* gelangen parasympathische Fasern des IV. Hirnnervs, die nach Synapsenbildung zu den Speicheldrüsen ziehen. Der X. Hirnnerv ist zweifellos der wichtigste des parasympathischen Systems, weil er zum Herzen, zur Lunge und fast allen Bauchorganen zieht. Die Beckennerven versorgen den letzten Darmabschnitt, die Harnblase und die Geschlechtsorgane. In diesen Strukturen liegen die postsynaptischen Neurone im Gewebe und bilden Geflechte.

Sensorische Integration: Wir haben gesehen, daß die Nervenbahnen der Sinneswahrnehmung in bestimmten Regionen der Hirnrinde enden. In der Nähe einer jeden solchen Region liegt ihr jeweiliges Assoziationsfeld, das durch die interkortikalen Neurone eng mit den ersten verbunden ist. Die Assoziationsfelder haben die Aufgabe, die erste Botschaft, die in die erste Ebene gelangt, zu analysieren, sensorische Erfahrungen zu sammeln und jene mit den neuen in Verbindung zu bringen. In den sensorischen Regionen gelangen Impulse, die nicht nur vom Thalamus und anderen Rindenregionen kommen, sondern auch vom Limbischen System und der reticulären Substanzen des Mittelhirns und Thalamus.
Das Limbische System ist ein Komplex phylogenetisch alter Strukturen, die von Neocortex bedeckt bleiben und um den Hirnstamm eine Art Ring bilden. Das Limbische System (*Gyrus cinguli*, Hypocampus, Uncus, Amygdala, Hypothalamus, Teile des Thalamus und der Riechhörner) stellt das Funktionszentrum des Geruchs und des Geschmacks dar, verarbeitet und kontrolliert das instinktive und emotionale Verhalten (Freude, Angst, Lust, Zorn etc.).

Das autonome Nervensystem

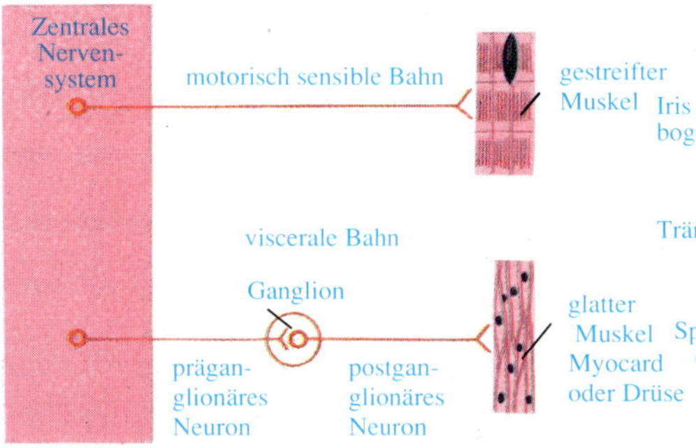

1. Unterschied zwischen motorisch-somatischen und visceralen Bahnen

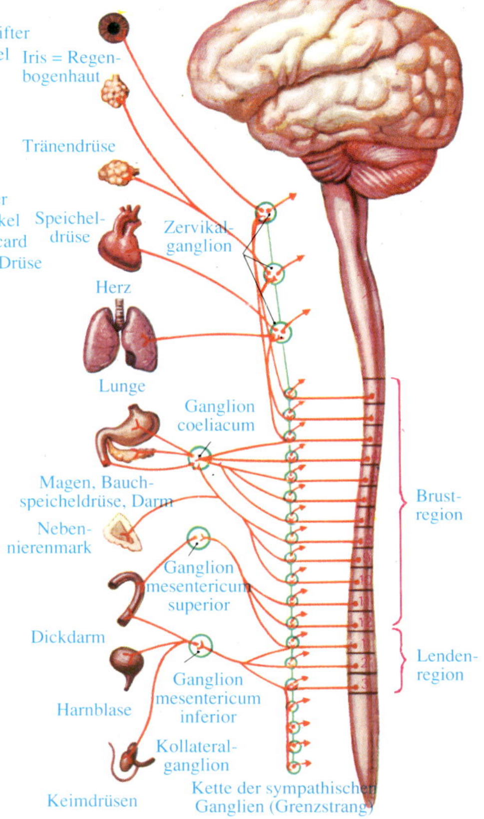

2. Schematische Darstellung des sympathischen Systems

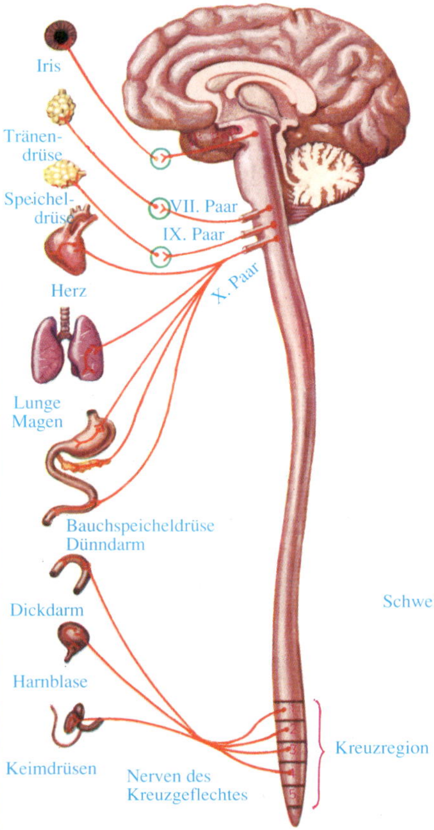

3. Darstellung des Parasympathischen Systems

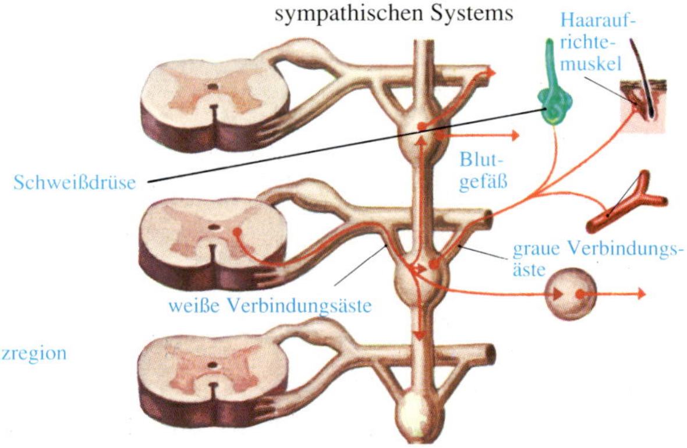

4. Mögliche Verteilungswege der präganglionären sympathischen Neurone

Die reticuläre Substanz ist eine diffuse Struktur, die aus einem Komplex von Neuronen besteht, die in einem feinen Fasernetz verteilt sind und zwischen den großen auf- und absteigenden Bahnen, entlang des Hirnstamms und in der unteren Region des Zwischenhirns liegen. Alle sensiblen Bahnen senden Seitenäste zur reticulären Substanz und diese projiziert sich auf die Hirnrinde (siehe Seite 75). Wahrscheinlich tendiert der thalamische Teil dazu, die Aufmerksamkeit auf Erinnerungen und Gedanken zu richten, die in speziellen Bereichen der Hirnrinde gespeichert sind.

Nach einigen Autoren existiert ein Integrationszentrum in der Winkelwindung der linken Hirnhemisphäre (→ 3). In diesem sollen die Reize von allen sensorischen Regionen der Rinde zusammenfließen und die endgültigen Analysen aller sensiblen Eindrücke realisiert werden. Die gleichzeitige Wahrnehmung aller zu einem bestimmten Zeitpunkt erhaltenen Informationen erlaubt einen tiefgründigen Schluß über das, was in der Außenwelt passiert.

Motorische Koordination: Es wurde bereits erwähnt, daß auf allen Ebenen des Nervensystems die elementaren Schemen der motorischen Koordination eingeprägt sind.

Daher wird die Koordination höherer Ordnung von vielen Teilen des Nervensystems beeinflußt, von allen auf dieselbe Art, was durch das Verhalten des Individuums ausgedrückt wird.

So ist das Zurückziehen der Hand, wenn man sich in den Finger sticht, ein einfacher Reflex, der auf Rückenmarksebene koordiniert wird. In dieser löst die Ankunft der Impulse über die Hinterhörner des Marks bestimmte lokale Kreisläufe aus. Im Gegensatz dazu benötigt z. B. die Lautbildung einer Serie von Wörtern, die eine Idee ausdrücken, die Beteiligung höherer Zentren. Es handelt sich um sehr komplexe und wenig bekannte Abläufe. Die Region 44 der Hirnrinde (Broca-Feld, → 1) koordiniert die Aktivität aller Muskeln, die am Sprechen beteiligt sind. Sprechen bedeutet jedoch nicht nur Worte zu bilden: In den Sätzen, die wir sprechen, reflektiert sich unser Bewußtsein, unser Seelenzustand, unser Abstraktionsvermögen etc. Das heißt, mit jeder motorischen Aktivität drücken wir unsere Persönlichkeit aus. Es besteht daher kein Zweifel, daß in den höheren Koordinationszentren Reize vom sensorischen Integrationszentrum und den Erinnerungszentren zusammenkommen. Es wird eine ideomotorische oder psychomotorische kortikale Zone beschrieben, die vor dem Integrationszentrum liegt, deren Funktion es ist, eine geeignete Antwort auf die gegebenen Sinneswahrnehmungen zu finden. Außerdem weiß man, daß tiefe Rindenzonen am abstrakten Denken teilhaben und Reflexzentren sind, die in einer bestimmten Situation die Antwort verzögern, um die Folgen, die diese haben könnte, abzuwägen.

Das Verhalten: Das Verhalten eines Tieres in einer bestimmten Situation ist vorhersehbar oder nicht. Die Grundanalyse des Verhaltens bildet einen wichtigen Teil der Neurophysiologie, die Verhaltenslehre. Die Vielseitigkeit des Verhaltens verdankt man unter anderem der inneren Motivation, den Phänomenen der Veränderung und außerdem der Erlernung.

Sensorische Integration – Motorische Koordination

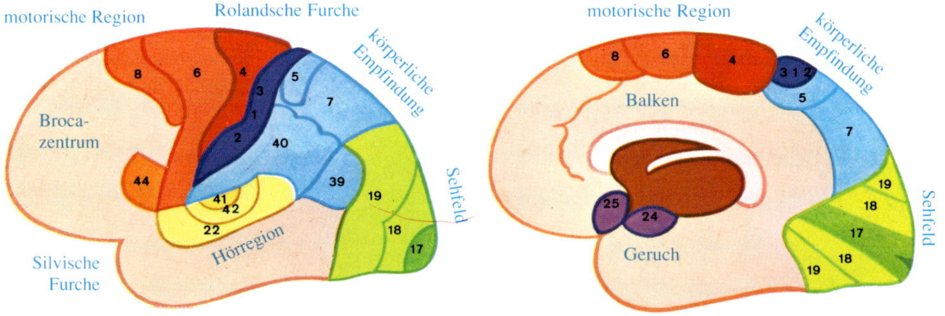

1. Oberfläche und Schnitt der Hirnhemisphäre mit Hinweis auf die wichtigsten Rindenregionen. Die dunklen Farben stellen die primären Regionen dar, die hellen die Assoziationsfelder.

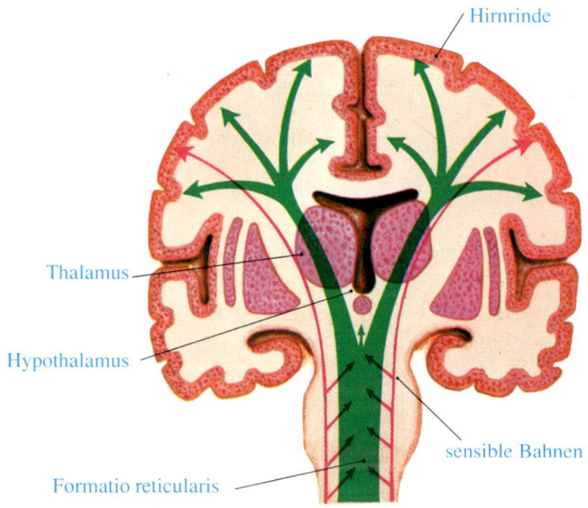

2. Die Formatio reticularis ist wichtig für die Erhaltung eines Aktivitätszustandes im Organismus

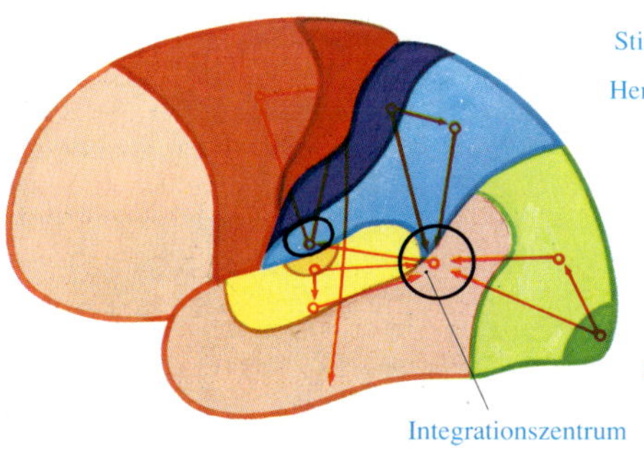

3. Integrationszentrum

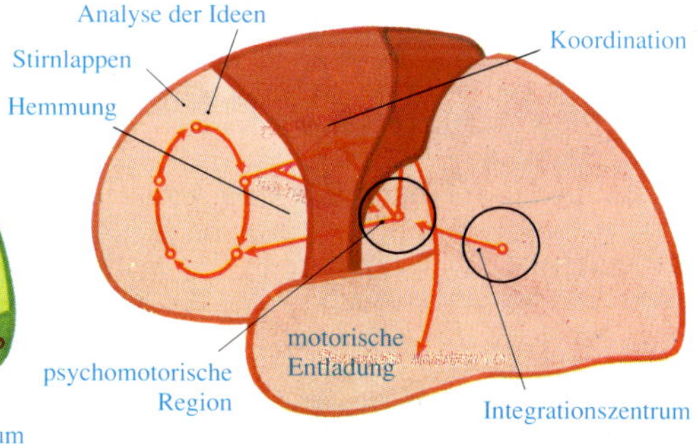

4. Psychomotorische Region und Spiel der Einflüsse auf die Realisierung einer motorischen Handlung

Die endokrinen Organe

Als endokrines System bezeichnet man einen Komplex von Organen, in denen bestimmte chemische Substanzen gebildet werden, die ins Blut übergehen, sich im gesamten Organismus verteilen und die Aktivität anderer spezifischer sensibler Zellen verändern. Die endokrinen Organe gehören zu der Kategorie der Drüsen mit innerer Sekretion, die ohne Ausführungsgänge ihre Sekretionsprodukte nach außen, d. h. direkt ins Blut abgeben.

Die von den endokrinen Drüsen produzierten Substanzen heißen Hormone; ihre Wirkung auf sensible Organe ist im allgemeinen an den Stoffwechsel gekoppelt. Im gewissen Sinne könnten alle Zellen des Organismus sich ständig am endokrinen System beteiligen, da ja ihre Stoffwechselprodukte auf irgendeine Art die Arbeit der anderen beeinflussen. Man beachte zum Beispiel die Wirkung des CO_2 auf die Neurone des Atemzentrums, auf die Chemorezeptoren des Aortenbogens und den *Glomus caroticum* und auf die glatte Muskulatur der Blutgefäße. Andererseits produzieren viele Zellen spezifische Substanzen mit großer physiologischer Aktivität (zum Beispiel das Histamin). Da sich ihre Wirkungen auf sehr engen Raum beschränken, das heißt auf die Umgebung ihrer Abgabe, bezeichnen sie viele Autoren als »lokale Hormone«, sobald sie sich nicht im gesamten Organismus verteilen.

Die wichtigsten endokrinen Organe sind: die Neurohypophyse, die Adenohypophyse, die Schilddrüse, die Nebenschilddrüsen, die Langerhans-Inseln der Bauchspeicheldrüse, das Epithel des Magens und des Darmtraktes, die Nebennierenrinde, das Nebennierenmark, der Hoden und die Eierstöcke (→ 1). Es gibt auch andere nicht ständig vorhandene Strukturen, die wie Drüsen mit innerer Sekretion funktionieren: die Plazenta (Mutterkuchen) und der Gelbkörper der Eierstöcke. Die endokrinen Funktionen der Epiphyse oder der Zirbeldrüse sind nicht ganz geklärt.

Hypophyse: Die Hypopyse besteht aus der Neuro- und der Adenohypophyse. Beide haben unterschiedliche embryonale Abstammung und unterschiedliche Funktion. Der Hinterlappen oder Neurohypophyse entsteht aus dem Zwischenhirnbläschen und bleibt mit der Hirnbasis über das Infundibulum in Verbindung. Der Vorderlappen oder Adenohypophyse stammt von einer sackartigen Einstülpung des Ektoderms des Mundhöhlendaches. Während der Entwicklung bildet sich in der Mundhöhle eine Tasche (Rathkesche Tasche), die mit dem Infundibulum des Zwischenhirns in Kontakt tritt (→ 2) und sukzessive seinen Bezug zum Ektoderm verliert. Das Organ als Ganzes liegt in einer kleinen Grube des Keilbeins *(Sella turcica)*.

Die wichtigsten Zellelemente der Neurohypophyse sind die Pituizyten, ein spezieller Typ der Neuroglia, deren cytoplasmatische Fortsätze ein dichtes fibröses Netz bilden. Daneben gibt es Nervenfasern, die von Neuronen, die im Hypothalamus liegen, kommen und unregelmäßige Verdickungen in ihrem gesamten Verlauf und an ihren Endungen aufweisen. Es handelt sich um Sekretionsgranula, die in den Kernen des Hypothalamus gebildet werden und entlang der Axone bis zum Hypophysenhinterlappen gelangen, wo sie sich in der Nähe der Blutgefäße entladen (→ 3). Die Neurohypophyse hat ausschließlich Speicherfunktion. Sie erhält die Hormone von bestimmten Neuronen (Neurosekretion) und gibt sie ans Blut ab, mit dem sie in den ganzen Organismus gelangen. Dieser Vorgang ist an ein Trägerprotein gebunden, das die Stoffe zu den Nervenfasern transportiert.

Im Hypophysenhinterlappen werden zwei Hormone abgegeben: das Oxytozin und das antidiuretische Hormon (ADH). Das Oxytozin stimuliert die Kontraktion der Gebärmutter und der myoepithelialen Zellen der Brustdrüsen; daher kommt seine Funktion besonders bei der Geburt und beim Stillen zum Tragen. Das antidiuretische Hormon, auch »Vasopressin« genannt, bewirkt die Wasserrückresorption in den Nierenkanälchen (siehe Seite 45) und führt dadurch zu einer Blutdruckerhöhung. Bei einem Mangel an ADH scheidet der Körper große Mengen sehr verdünnten Harn aus *(Diabetes insipidus)*.

Innere Sekretion: Neurohypophyse

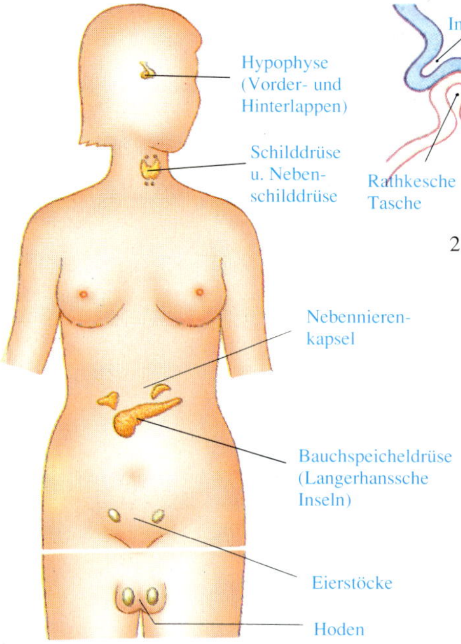

1. Lage der endokrinen Drüsen

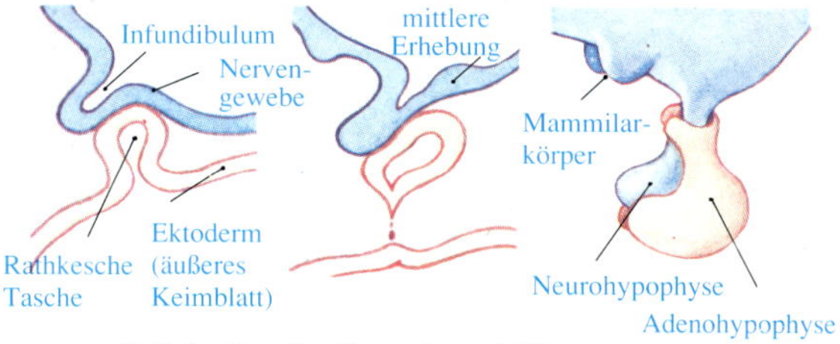

2. 3 Stadien der Hypophysenbildung

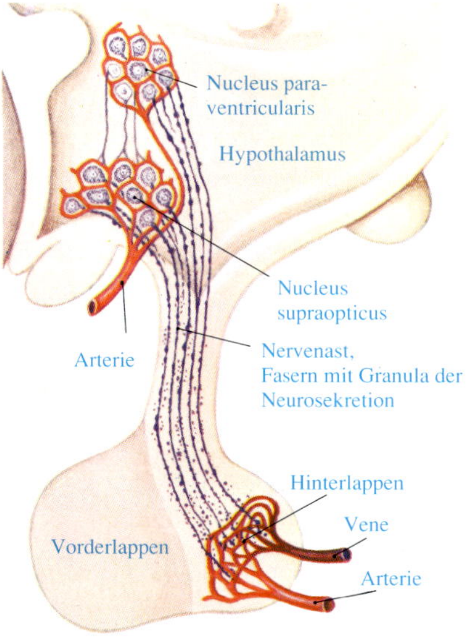

3. Beziehung zwischen Hypothalamus und Neurohypophyse

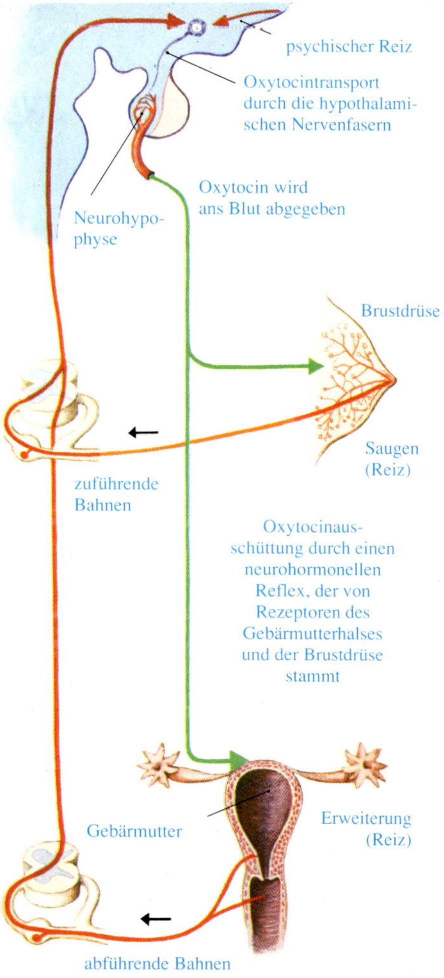

4. Wie die Oxytocinausschüttung funktioniert

Die **Adenohypophyse** stammt, wie gesagt, von einer Einstülpung des Mundhöhlenepithels ab. Ihre Zellen teilt man nach ihrer Färbbarkeit mit den in der Histologie verwendeten Farben ein in: Acidophile, Basophile und Chromophobe.
Obwohl die Hypophyse dem Hypothalamus benachbart ist, erhält sie von diesem keine Nervenfasern.
Über bestimmte Neurone gelangen Neurohormone aus dem Hypothalamus ins Blutgefäßsystem der Hypophyse und regulieren im Hypophysenvorderlappen die Hormonsekretion. Die Hormone des Hypothalamus werden *releasing hormons* oder *factores* oder Freisetzungshormone genannt. Diese stehen in Wechselwirkung mit den Hormonen der Hypophyse und bestimmen deren Aktivität.
Die Adenohypophyse setzt sechs Hormone frei: Das Somatotropin (STH) greift in das Körperwachstum ein. Ein Mangel dieses Hormons während der Entwicklung führt zum Zwergwuchs, ein Zuviel zum Riesenwuchs (→ 3). Beim Knochenwachstum wirkt es auf die Knorpel. Es stimuliert auch die Eiweißsynthese und verlangsamt den Glucoseverbrauch der Zellen.
Wenn man eine Überproduktion nach dem Epiphysenfugenschluß (Verschwinden der Wachstumsknorpel) hat, kommt es zu einem unproportionalen Wachstum einzelner Körperteile (Kinn, Nase, Ohren, Finger, Zehen).
Die restlichen Hormone, die von der Adenohypophyse gebildet werden, wirken über andere Drüsen auf den Organismus. Das thyreotrope Hormon (TSH oder Thyreotropin) reguliert die Funktion der Schilddrüse. Dadurch wirkt es auf den gesamten Stoffwechselprozeß. Beim Fehlen des Thyreotropins verkleinert sich die Schilddrüse. Die Produktion von TSH hängt vom Thyroxinspiegel des Blutes ab (Gegenregulationsmechanismus).
Ein analoges Phänomen besteht beim adenocorticotropen Hormon (ACTH), das die Entwicklung der Nebennierenrinde und die Sekretion deren spezifischer Hormone, besonders der Glucocorticoide, stimuliert. Ein Gegenregulationsmechanismus ähnlich dem des Thyreotropins hält ein funktionelles Gleichgewicht zwischen der Hypophyse und der Nebennierenrinde aufrecht. In diesem Fall hemmt das Cortisol, ein Nebennierenrindenhormon, die Sekretion des hypothalamischen CRF.
Das follikelstimulierende Hormon (FSH) und das Gelbkörperhormon (LH) sind Gonadotropine, d. h. Substanzen, die auf die Keimdrüsen wirken. Das erste stimuliert die Entwicklung der Follikel in den Eierstöcken der Frau und die Reifung der Spermatozyten beim Mann. Das zweite bewirkt den Eisprung. Außer diesen »primären« Wirkungen auf die Fortpflanzung wirken diese Hormone durch das endokrine Gewebe der Keimdrüsen auch auf den Geschlechtstrieb.
Das follikelstimulierende Hormon und das Gelbkörperhormon stimulieren gemeinsam die Östrogensekretion durch die Follikelzellen der Eierstöcke, während das zweite die Androgensekretion in den interstitiellen Zellen des Hodens stimuliert.
Man glaubt, daß ein weiteres Gonadotropin (luteotropes Hormon) existiert, das durch den Gelbkörper – einem nur nach dem Eisprung im Eierstock vorhandenen endokrinen Organ – die Progesteronsekretion stimuliert.
Die funktionellen Veränderungen der Adenohypophyse führen außer zu überschießendem Wachstum durch das Ungleichgewicht der tropen Hormone auch zu anderen Störungen. Beim Hypopituitarismus beobachtet man eine Verkleinerung der Schilddrüse, der Nebennierenrinde und der Keimdrüsen.

Die Schilddrüse: Vor der Luftröhre, unter dem Schlund gelegen, wird diese Drüse von zwei Lappen gebildet, die durch einen dünnen Isthmus miteinander verbunden sind und 30 g wiegen. Histologisch sieht man dort kubische eptheliale Zellen, die so angeordnet sind, daß sie einen Hohlraum (Follikel) bilden, der mit einer Flüssigkeit gefüllt ist (Kolloid S. 85 → 1).
Es handelt sich um ein Trägerprotein (Thyreoglobulin), an das die Schilddrüsenhormone Thyroxin und Trijodthyronin gebunden sind. Durch Hydrolyse dieser Komplexe werden die Hormone im richtigen Verhältnis von der Drüse freigesetzt. Beides sind Derivate der Aminosäure Thyrosin (die chemische Formel siehe S. 85 → 3).

Innere Sekretion: Adenohypophyse

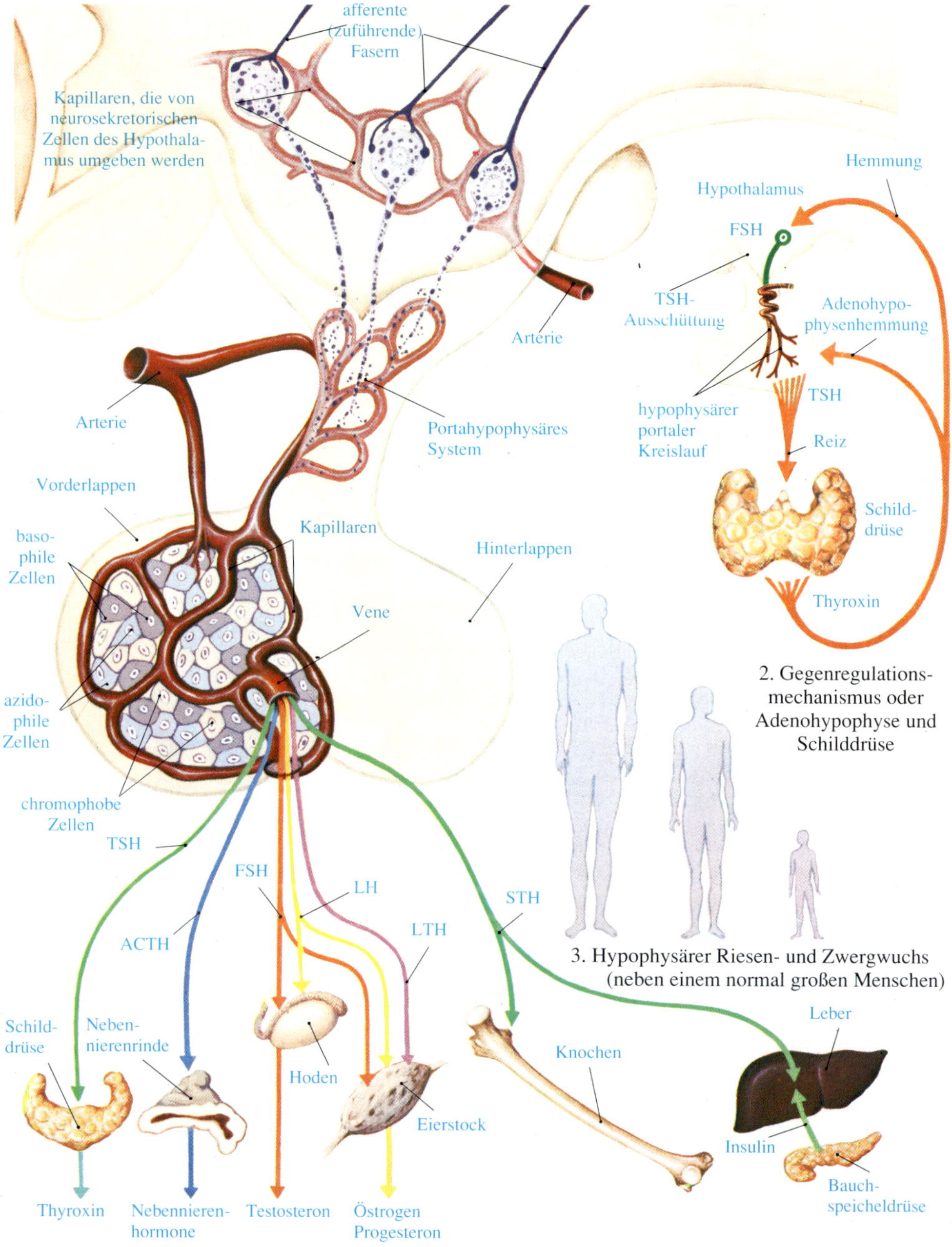

2. Gegenregulationsmechanismus oder Adenohypophyse und Schilddrüse

3. Hypophysärer Riesen- und Zwergwuchs (neben einem normal großen Menschen)

1. Beziehung zwischen Hypothalamus und Adenohypophyse; Gefäßbildung der Drüsen und Hormonwirkung

Die Schilddrüsenhormone stimulieren die gesamte Stoffwechselaktivität des Organismus und beeinflussen die Morphogenese und das Wachstum. Im Falle der Hypothyreose (Schilddrüsenunterfunktion) beobachtet man eine intensive Abnahme des Grundstoffwechsels, die Körpertemperatur ist niedrig, der arterielle Druck sinkt, der Mensch fühlt sich müde. Wenn die Störung bei Kindern auftritt, ist das Körperwachstum vermindert und unproportional; die Kinder sind auch geistig verlangsamt (Kretinismus). Beim Erwachsenen kommt es zum Anschwellen des Gesichtes, besonders der Augenlider (Myxödem). Beim Hyperthyreoidismus (Schilddrüsenüberfunktion) kommt es zu einer starken Stoffwechselerhöhung, die hyperthyreotden Personen sind sehr aktiv, schlafen wenig, sind emotional instabil. Bei der Thyreotoxikose haben die Patienten hervortretende Augen und eine Geschwulst der Drüse (Kropf). Der »Kropf« tritt auch in einigen Fällen des Jodmangels als Antwort der Schilddrüse auf eine Mehrproduktion von TSH von seiten der Hypophyse auf.

Nebenschilddrüsen: Neben der Schilddrüse findet man vier ovale kleine Körper, die von einem sehr dichten Gewebe aus zwei Zelltypen gebildet werden: Hauptzellen und oxyphile Zellen. Die Nebenschilddrüse bildet ein Hormon, das Parathormon. Das Calcitonin, das von den parafollikulären Zellen der Schilddrüse produziert wird, wird aus didaktischen Gründen zusammen mit dem Parathormon besprochen. Die Funktion der Nebenschilddrüsen besteht darin, die Calciumkonzentration im Blut stabil zu halten. Das Parathormon wird dann freigesetzt, wenn der Blutcalciumspiegel sinkt; es stimuliert den Übertritt des Calciums aus den Knochen ins Blut, bis der Spiegel wieder normal ist und begünstigt die Aufnahme dieses Salzes in den Nierenkanälchen. Das Calcitonin wird produziert, wenn der Calciumspiegel im Blut sehr hoch ist und es fördert die Wiederaufnahme des Calciums in den Knochen.

Die Entfernung der Nebenschilddrüse oder ihre unvollständige Funktion verursacht einen Calciumabfall und einen Phosphoranstieg im Plasma: Dies führt zu einer neuromuskulären Überregbarkeit und zu Muskelkrämpfen (Tetanie). Im Gegensatz dazu kann eine starke Sekretion des Nebenschilddrüsenhormons eine intensive Entkalkung der Knochen und eine Bildung von Kalkablagerungen in verschiedenen Geweben bewirken.

Endokrine Bauchspeicheldrüse: Verstreut zwischen den Acine (Beeren) der Bauchspeicheldrüse, in dem der Bauchspeichel gebildet wird, gibt es unregelmäßige Anhäufungen von Zellen, umgeben von Blutkapillaren, bekannt als die Langerhansschen Inseln, die den endokrinen Teil der Bauchspeicheldrüse bilden (→ 5). Wir können zwei Zelltypen unterscheiden: Die zahlreicheren Betazellen bilden das Insulin; die Alphazellen produzieren das Glucagon. Beide Hormone sind Eiweiße.

Das Insulin senkt den Blutzuckerspiegel: Es stimuliert die Zuckerverwertung in den Zellen (Oxydation) und begünstigt dadurch die Umwandlung in Glykogen. Das Glukagon erhöht im Gegensatz dazu die Glucosekonzentration im Blut durch die Stimulation des enzymatischen Systems der Leber, das die Umwandlung des Glykogens in Glukose bestimmt. Die Insulinsekretion wird vom Blutzuckerspiegel von einem Feed-back-Mechanismus (die einfachste Form) reguliert:

Ein Glucoseanstieg hemmt die Insulinsekretion, ein Abfall stimuliert sie. Das Insulin muß kontinuierlich von den Langerhansschen Inseln freigesetzt werden, auch um der Wirkung des Glukagons und anderer Hormone, die blutzuckererhöhende Wirkung haben (STH, Adrenalin, etc.), entgegenzuwirken, daß der Blutzucker innerhalb seines Normbereichs bleibt.

Die Zelldegeneration der Betazellen der Bauchspeicheldrüse ist Ursache einer Krankheit, die als *Diabetes mellitus* bekannt ist: Als Folge ungenügender Insulinsekretion können die zuckerhältigen Nahrungsmittel weder oxydiert noch als Glykogen gespeichert werden, die Glykogenreserven der Leber und der Muskeln werden rasch verbraucht und auch der Eiweiß- und Fettstoffwechsel wird verändert.

Schilddrüse, Nebenschilddrüsen, endokrine Bauchspeicheldrüse

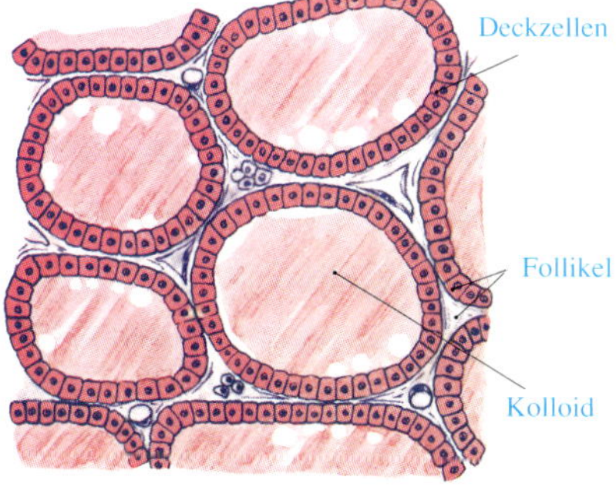

1. Histologischer Schnitt der Schilddrüse

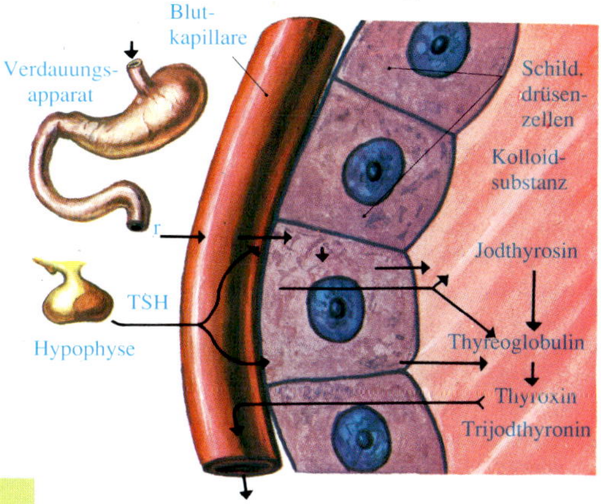

2. Bildung des Thyreoglobulins in den Schilddrüsenzellen

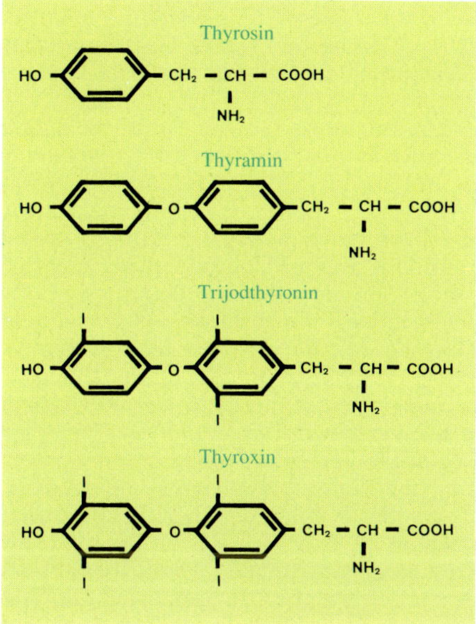

3. Schilddrüsenhormone

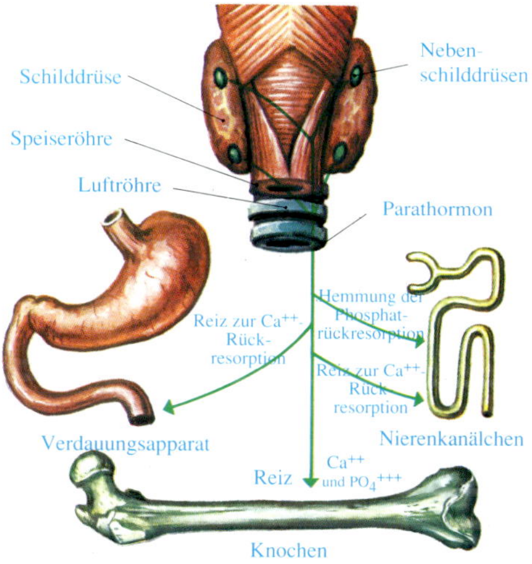

4. Physiologie der Nebenschilddrüsen

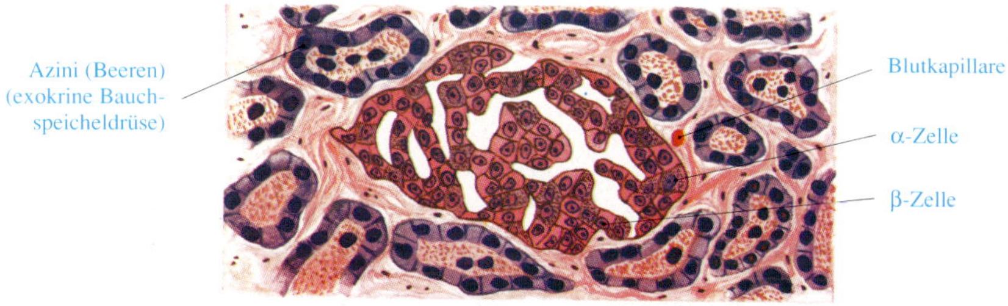

5. Langerhans-Inseln und histologischer Schnitt der Bauchspeicheldrüse

Nebennieren: An den Seiten der Wirbelsäule, in Höhe des ersten Lendenwirbels und nahe den oberen Nierenpolen, liegen kleine dreieckige Strukturen, die Nebennieren. Sie werden von einem Rinden- und einem Markgewebe unterschiedlicher Herkunft und Funktion gebildet.

Nebennierenmark: Die Zellen des Marks besitzen Körner, die sich mit bestimmten oxydierenden Stoffen gut färben, besonders mit Chromsalzen, daher nennt man sie chromophil. Die Hormone des Nebennierenmarks, Adrenalin und Noradrenalin, werden als Antwort auf Reize der präganglionären Sympathicusfasern freigesetzt. Sie bewirken eine starke Arteriolenverengung und daher eine Erhöhung des systolischen Blutdrucks. Sie beeinflussen darüber hinaus den Glucosestoffwechsel, indem sie die Glykogenolyse stimulieren und schließlich den Blutzucker erhöhen. Sie verändern auch die Funktion eines Großteils der visceralen Organe: Sie stimulieren das Herz, vermindern die Darmtätigkeit und führen zu einer Erschlaffung der Bronchialmuskulatur etc. (→ 2).

Nebennierenrinde: In der Nebennierenrinde unterscheidet man drei konzentrische Schichten, die sich im Aussehen und in der Art der Anordnung ihrer Zellen unterscheiden. Die äußerste ist die glomeruläre Zone, gefolgt von der faszikulären und der reticulären Zone, die an das Mark grenzt und ein Trabekelsystem bildet. Die drei Schichten zusammen produzieren Steroidsubstanzen (→ 3), die nach ihrer physiologischen Aufgabe eingeteilt werden in: Glucocorticoide, Mineralocorticoide und Sexualcorticoide.
Die glomeruläre Zone bildet Aldosteron, ein Mineralocorticoid, das den Natrium- und Kaliumhaushalt reguliert. Dieses Hormon stimuliert die Natriumrückresorption in den Nierenkanälchen, während es die Kaliumausscheidung mit dem Harn fördert. Die Aldosteronsekretion wird hauptsächlich vom Renin-Angiotensin-System reguliert; auch das ACTH und die Menge der zirkulierenden Kaliumionen spielen dabei eine Rolle. Die Glucocorticoide (Cortison, Cortisol) werden in der faszikulären Zone produziert und unter dem Einfluß des hypophysären ACTH freigesetzt. Sie wirken auf den Kohlehydratstoffwechsel, indem sie die Glukosesynthese steigern (Gluconeogenese). Sie beeinflussen auch den Eiweiß- und den Fettstoffwechsel. Cortisol (Haupthormon) wird auf Grund seiner entzündungshemmenden Wirkung therapeutisch genutzt.
Unter den Abnormitäten der Nebennierenrindenfunktion hat der *Morbus Addison* spezielle Bedeutung. Er wird durch niederen Blutzuckerspiegel, niederen Blutdruck, Übersäuerung und starke Hautpigmentation (Zerstörung der Drüsen) charakterisiert.

Sexualhormone: Sowohl in den männlichen als auch in den weiblichen Keimdrüsen gibt es Zellen, die auf die Bildung chemischer Substanzen, die ins Blut gelangen und auf die Fortpflanzungsorgane wirken, spezialisiert sind. Beim Mann bilden die interstitiellen Zellen des Hodens (Leydigsche Zwischenzellen) Testosteron, das männliche Hormon mit der größten androgenen Wirkung, welches für die Entstehung der primären und sekundären Geschlechtsmerkmale verantwortlich ist. Das Testosteron beeinflußt auch den Stoffwechsel.
Bei der Frau synthetisieren die granulären Zellen der Follikel der Eierstöcke Östrogen, bekannt als Östradiol, das für die sekundären Geschlechtsmerkmale verantwortlich ist. Andere natürliche Östrogene sind das Östron und das Östriol. Gleich nach dem Eisprung wandelt sich der Follikel in provisorisches endokrines Gewebe um und bildet ein anderes Hormon, das Progesteron: Seine Aufgabe ist es, die Gebärmutter auf die Eiaufnahme vorzubereiten und die Brustdrüsen zu verändern, um den Milchfluß zu ermöglichen.

Nebennierenrinden- und Sexualhormone

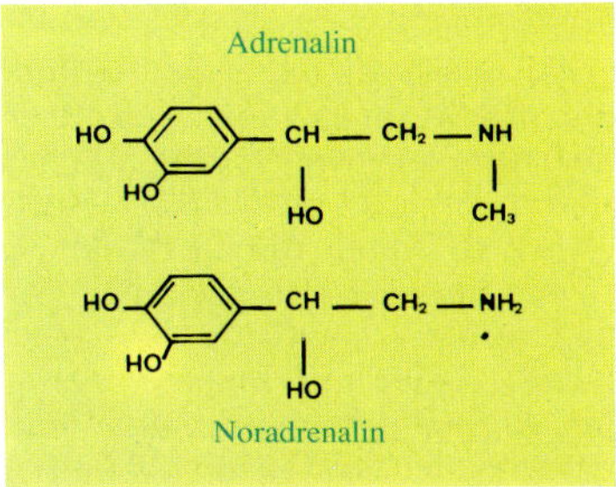

1 Hormone des Nebennierenmarks

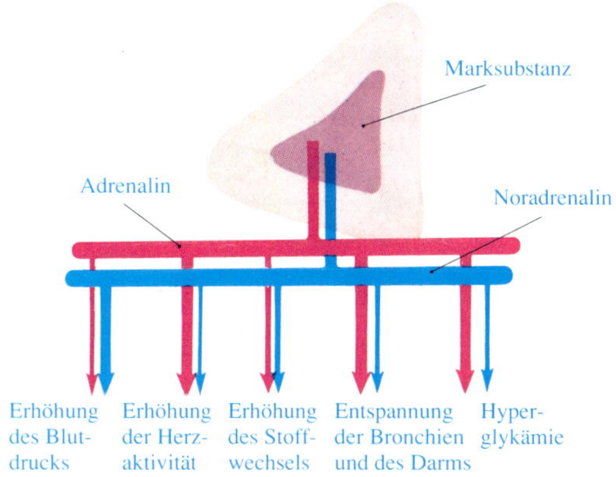

2. Wirkung des Adrenalins und Noradrenalins

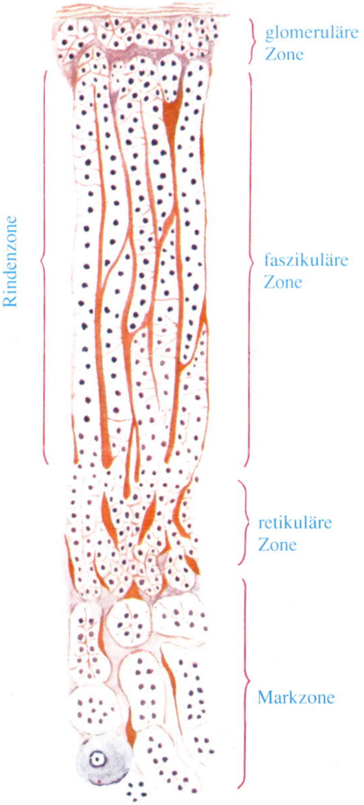

4. Histologischer Schnitt der Nebenniere

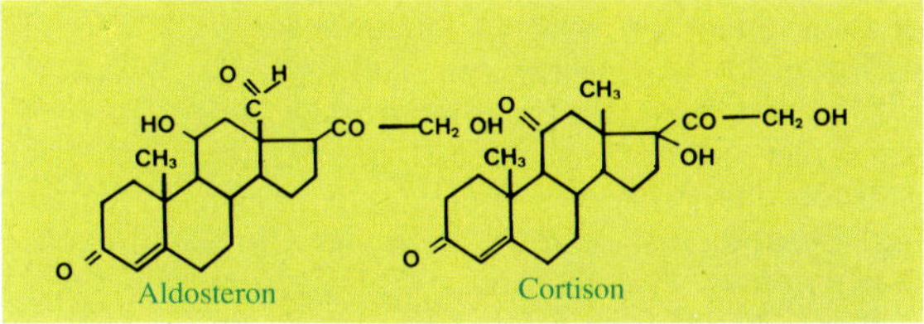

3. Zwei Hormone der Nebennierenrinde

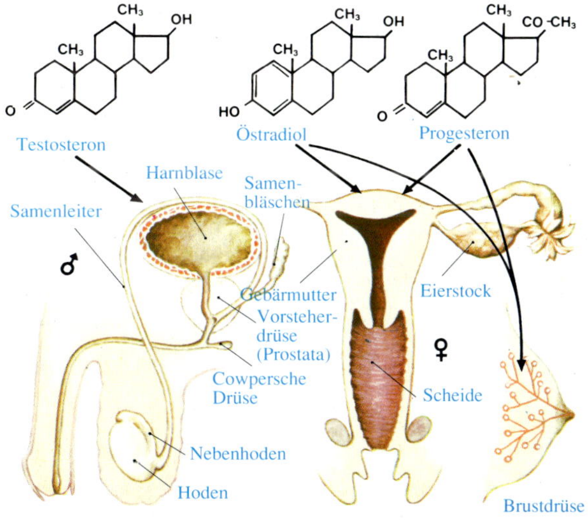

5. Wirkung der Sexualhormone auf die sekundären Geschlechtsorgane

Die Fortpflanzung

Der wesentliche Prozeß der Fortpflanzung ist die Vereinigung von speziellen Zellen, die von einem männlichen und einem weiblichen Individuum derselben Art stammen. Diese Zellen haben die besondere Aufgabe, die Art zu erhalten, das heißt Nachkommen zu zeugen. Sie heißen Gameten und unterscheiden sich von den anderen Körperzellen (oder somatischen Zellen) dadurch, daß sie nur die Hälfte der Chromosomen von diesen haben, das heißt, einen haploiden Chromosomensatz. Erinnern wir uns, daß im Kern jeder Geschlechtszelle die Chromosomen paarweise angeordnet sind und daß ihre Anzahl für jede Tier- und Pflanzengattung konstant ist (der Mensch besitzt 23 Chromosomenpaare). Diese Anzahl ist sozusagen diploid, weil die Chromosomen sich zu zwei und zwei darstellen, also zu Paaren. Sobald die Geschlechtszellen für den Teilungsprozeß (Meiose) reif sind, reduziert sich die Anzahl der Chromosomen auf die Hälfte. Am Ende des Prozesses findet man in den reifen Geschlechtszellen an Stelle der Chromosomenpaare ein einzelnes Chromosom, das heißt, einen haploiden Chromosomensatz. Die ursprüngliche Chromosomenanzahl wird mit der Befruchtung wiederhergestellt.

Die Keimelemente: Die männlichen und weiblichen Keimzellen werden in spezialisierten Organen gebildet, den Keimdrüsen. Diese bezeichnet man als primäre Sexualorgane. Die männlichen Keimzellen, das heißt, die Spermatozyten (→ 1, 2, 4) werden in den Hodenkanälchen der männlichen Geschlechtsdrüsen (Hoden) produziert. Die Spermien durchwandern Kanälchen, die in den Samenleiter münden. Der Nebenhoden dient als Reservoir der Spermatozyten. Von dort gelangen sie durch den Samenleiter ins Samenbläschen, das in der Nähe der Prostata liegt.

Dort vervollständigen sie ihre funktionelle Reifung, werden beweglich und bereit, mit der Ejakulation ausgestoßen zu werden. Die reifen Spermatozyten haben eine längliche Form, einen großen Kopf und einen Schwanz, der von neun Fasern gebildet wird. Die Produktion der Spermatozyten erfolgt kontinuierlich. Die Eizelle, die weibliche Keimzelle, entsteht im Eierstock, im Inneren einer winzigen kleinen Höhle, genannt Graaf-Follikel (→ 3). Der Follikelsprung und der Austritt seines Inhalts bilden den Eisprung, der zum Unterschied der Spermienreifung periodisch auftritt. Die Oogenese (Eireifung) findet nur in sehr wenigen Keimzellen zugleich statt (normal in einer) und wiederholt sich erst nach Ablauf des gesamten Zyklus.

Die Befruchtung

Die Vereinigung der männlichen mit den weiblichen Keimzellen und die Verschmelzung ihrer Kerne nennt man Befruchtung. Es entsteht eine neue Zelle, die Zygote, deren Wachstum und Differenzierung das neue Individuum bestimmt. Im Moment der Begattung gelangen die Spermatozyten über die Samenleiter in die Harnröhre und vermischen sich mit der von den Drüsen dieser Gänge abgegebenen Flüssigkeit. Nur in diesem Moment besitzen sie Bewegungs- und Befruchtungsfähigkeit. Das durch den Sprung des Graafschen Follikels freigewordene Ei gelangt in den Eileiter oder die Tube, wo es auf die Spermatozyten trifft.

Von den Millionen Spermatozyten, die während der Begattung in die Scheide gelangen, erreichen nur wenige tausend die Eizelle, und nur einer dringt in diese ein. Das Eindringen der anderen wird durch eine Serie von Vorgängen verhindert, die im Cytoplasma als Folge des Eindringens des ersten ablaufen. Gleich nach der Befruchtung umgibt sich die Eizelle mit einer Schutzmembran. Durch diese dringt nur der Kopf der Spermatozyten ein, in dem sich der Vorkern (der wichtigste Teil der männlichen Samenzelle) befindet; der Schwanz verschwindet durch Aufsaugen.

Bei stattgefundener Befruchtung trennt sich sofort das zweite Polkörperchen von der Eizelle und der männliche und der weibliche Vorkern verschmelzen; die daraus resultierende Zelle, die Zygote, beginnt mit sehr raschen mitotischen Teilungen.

Keimzellreifung, Befruchtung, Schwangerschaft, Geburt

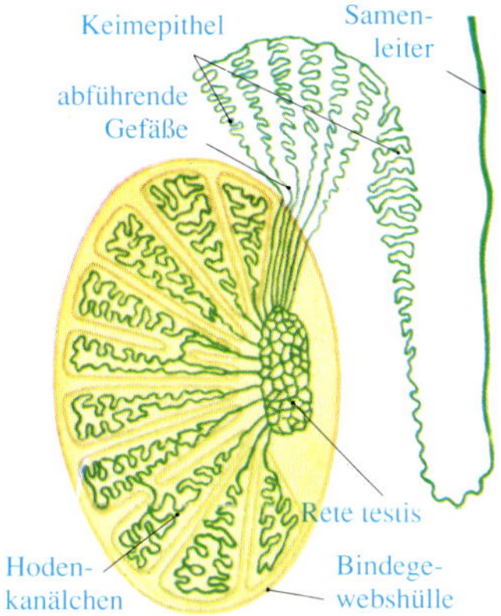

1. Darstellung der Hodenkanälchen im Hoden

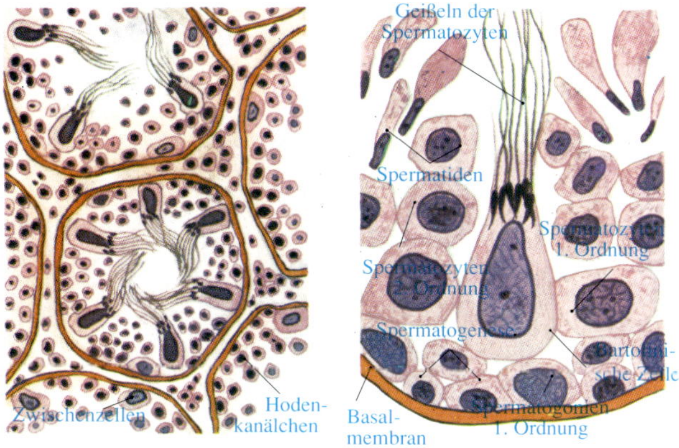

2. Links: histologischer Schnitt des Hodens. Rechts: Bestandteile des Keimepithels

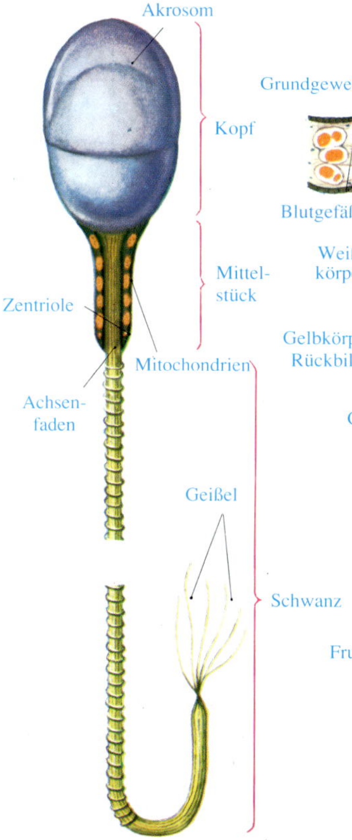

4. Schema des Aufbaus eines Spermatozyten

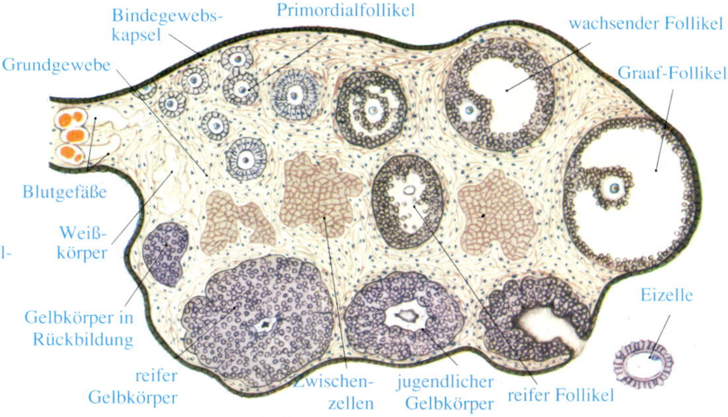

3. Schema der Eierstockstruktur

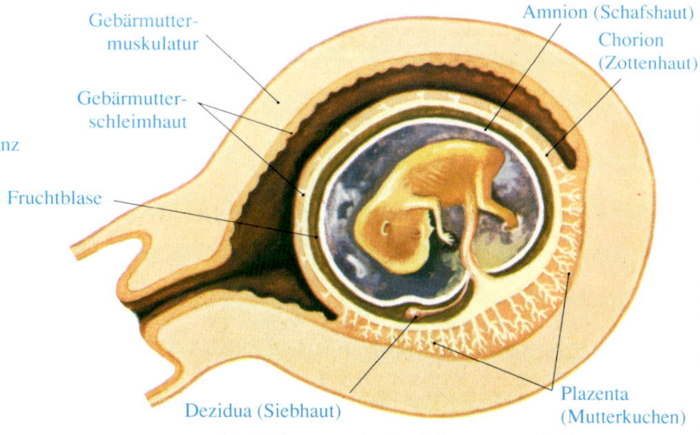

5. Gebärmutter in der Schwangerschaft

Entwicklung der befruchteten Eizelle: Die befruchtete Eizelle wandert in Richtung Gebärmutter, und bis sie dort ankommt, hat sie sich schon viermal geteilt und besteht aus 16 undifferenzierten Zellen, die man Blastozyste nennt. Einige Tage liegt die befruchtete Eizelle frei in der Gebärmutter und ernährt sich von Sekretionsprodukten bestimmter benachbarter Drüsen, bis sie schließlich in eine der vielen Schleimhautfalten oder ins Endometrium eindringt. Dort baut sie einen engen Kontakt zwischen den Zellen der Blastozyste (Trophoblast) und dem mütterlichen Gewebe auf. Über die Plazenta (Mutterkuchen) finden während der Schwangerschaft die physiologischen Abläufe zwischen Embryo und Mutter statt (Seite 89 → 5).

Die Schwangerschaft: Die in der Gebärmutterhöhle eingenistete Eizelle teilt sich kontinuierlich weiter. Zu einem bestimmten Zeitpunkt beginnen sich die Zellen ohne den Teilungsprozeß zu unterbrechen zu differenzieren, das heißt, sich in Form und Funktion zu unterscheiden. Aus einigen wird das Skelett, aus anderen das Herz oder das Nervensystem, wieder aus anderen der Verdauungsapparat. Wie die Vermehrung, so läuft auch die Differenzierung der Zellen nach einem fixen Plan ab, der die Entwicklung der einzelnen Organe und ihre besondere Anordnung bestimmt. Seine Chromosomen sind in einer großen Anzahl von Genen lokalisiert, von denen jedes eine genaue Information (z. B. die Bildung eines Enzyms) hat. Alle Funktionen (besonders die Strukturen) aller Zellen unterliegen der Vererbung. Das genetische Erbgut stammt zur Hälfte vom Vater und zur Hälfte von der Mutter.

Die Geburt

Wenn ein gewisser Entwicklungsgrad erreicht ist, kommt es zur Geburt. Durch starke Kontraktionen der Gebärmutter, die nach dem Blasensprung auch von der Bauchmuskulatur unterstützt wird, kommt es zum Ausstoßen des Feten durch die Scheide. Danach kommt die Phase der Nachgeburt, in der die sogenannten Secundina, das heißt, die Plazenta (Mutterkuchen), der plazentare Stumpf der Nabelschnur und die Eihäute ausgestoßen werden.

Hormonelle Steuerung der Fortpflanzung: Die Fortpflanzung ist das Resultat einer Reihe von Phänomenen, die untereinander in einem bestimmten Verhältnis zueinander stehen und nach einem gewissen Schema ablaufen. Die Befruchtung, die Schwangerschaft, die Geburt und das Stillen sind Prozesse, die eine perfekte Übereinstimmung in der Zeit verlangen, damit das erwartete Kind größte Überlebensmöglichkeiten hat. Es ist daher eine feine Veränderung der Einflüsse notwendig, die auf das endokrine und das Nervensystem wirken.
Bei der Frau hängt der Beginn der Eierstockaktivität von den gonadotropen Hormonen ab, die im Hypophysenvorderlappen gebildet werden. Diese Hormone werden schon in der kindlichen Hypophyse produziert, jedoch sprechen erst die reifen Keimdrüsen auf sie an. Wenn das Verhältnis zwischen dem follikelstimulierenden Hormon und dem Gelbkörperhormon einen bestimmten Wert erreicht hat (in der Regel mit dem 12. bis 14. Lebensjahr), beginnen die ersten Follikel zu reifen.

Unter der Stimulation der Hypophysenhormone beginnt die Entwicklung der echten Follikel, aber nur ein einziger beendet seinen Zyklus bis zum Eisprung, während die anderen degenerieren.

Inzwischen produzieren unter dem hormonellen Einfluß auch die Follikelzellen Östrogen, das die Entwicklung der sekundären Geschlechtsmerkmale stimuliert und die Adenophysenaktivität reguliert. Das Verhalten der verschiedenen Hormone untereinander ist interessant: Die Östrogene, die hauptsächlich unter dem Einfluß des FSH produziert werden, rufen, wenn der höchste Spiegel erreicht ist, die Bildung des LH hervor, das den Eisprung bestimmt. Nach dem Austreten der Eizelle unterliegen die Follikelzellen, die im Eierstock bleiben, einer starken Umwandlung und beginnen mit der Bildung des Gelbkörpers, der Progesteron bildet. Die Sekretion dieses Hormons endet, sofern in der Zwischenzeit keine Befruchtung stattgefunden hat, sobald der Gelbkörper verschwindet.

Endokrine Regulation der Fortpflanzung

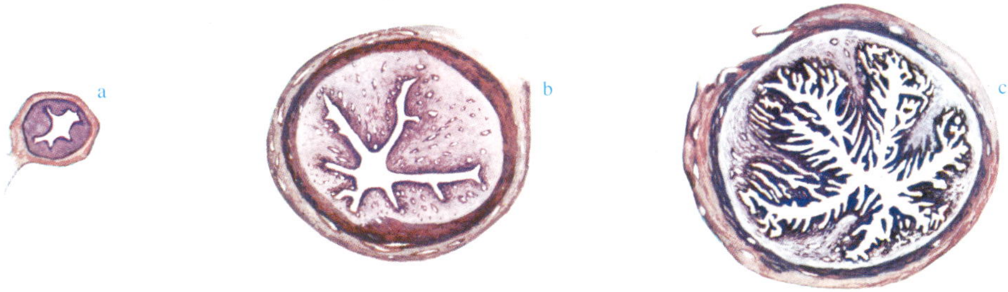

1. Östrogen und Progesteron bereiten die Gebärmutter auf die Schwangerschaft vor: a) unreife Gebärmutter, b) mit Östrogen behandelte Gebärmutter, c) mit Östrogen und Progesteron behandelte Gebärmutter

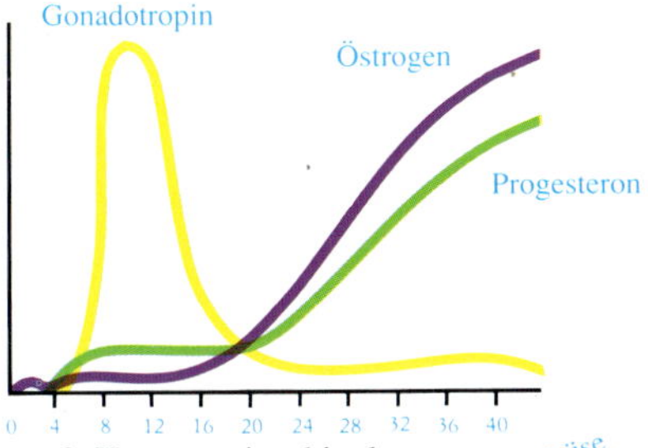

2. Hormonspiegel in der Schwangerschaft

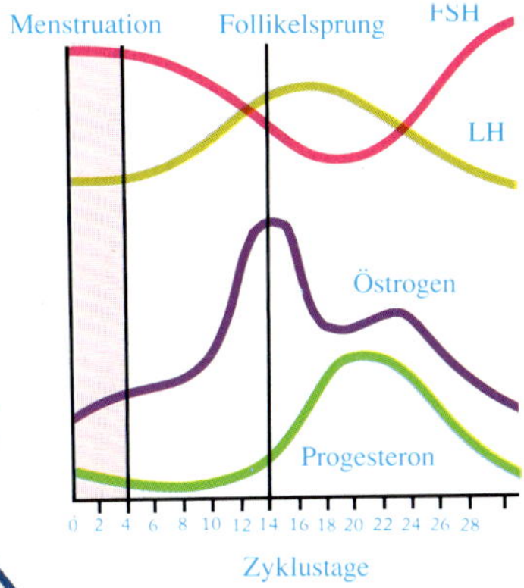

3. Hormonspiegel während des Follikelsprungs

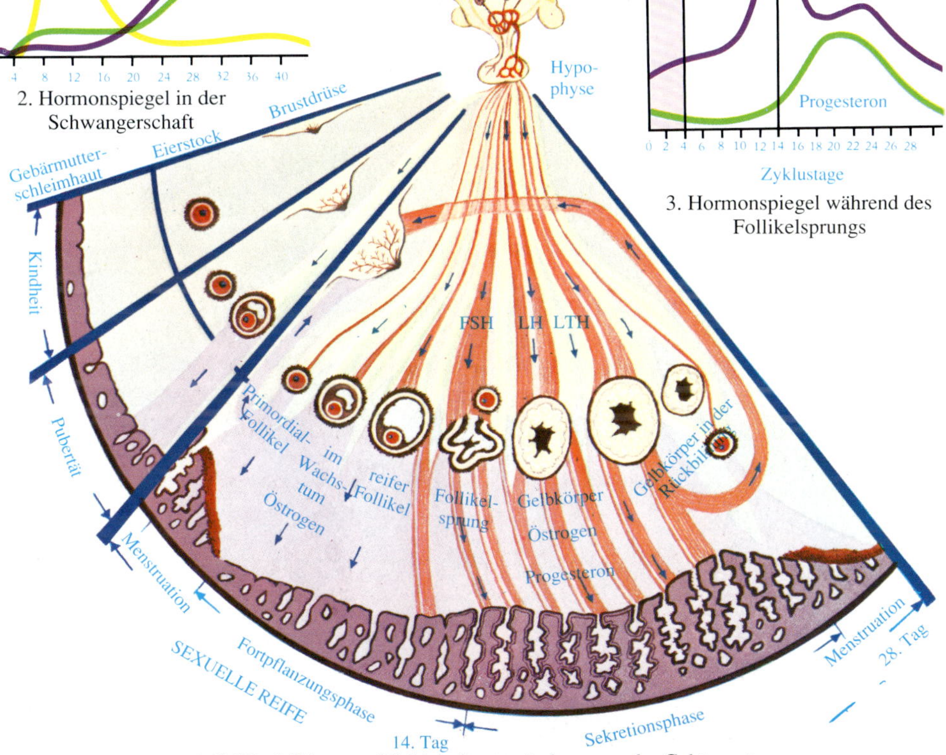

4. Follikelbildung und Schleimhautveränderungen der Gebärmutter während des Menstruationszyklus

Der Mangel an Progesteron, der durch Degeneration des unechten Gelbkörpers verursacht wird, ruft den Abbau und die Abstoßung der Endometriumschicht hervor, die durch die Eierstockhormone überentwickelt (hypertroph) geworden ist. Es folgt die Menstruation. Zur selben Zeit nimmt in dieser Phase durch den Mangel an Östrogen und Progesteron die Hypophyse ihre Aktivität wieder auf und der Zyklus beginnt erneut (Seite 91 → 3 und 4). Wenn es hingegen zu einer Befruchtung der Eizelle kommt, bleibt der Gelbkörper bestehen (Schwangerschaftsgelbkörper) und unter dem Einfluß des Progesterons wird die Schwangerschaft geschützt und die Reifung anderer Follikel verhindert. Im dritten Monat der Schwangerschaft, wenn sich der Gelbkörper zurückbildet, wird Progesteron und andere für die normale Entwicklung des Feten nötige Hormone auch von der Placenta produziert (Seite 91 → 1). Die Geburt wird durch die Oxytocinwirkung auf die Gebärmutter hervorgerufen. Dies wird unterstützt durch das Relaxin, einem Hormon (von der Placenta gebildet), das die Aufgabe hat, den Gebärmutterhals zu erschlaffen.

Das Signal zur Geburt wird durch Konzentrationsänderung des Progesterons und Östrogens im mütterlichen Blut gegeben. Auch der Milchfluß wird durch nervöse und hormonelle Reize bestimmt. In der Schwangerschaft bestimmen das Östron (oder Follikelhormon) und das Progesteron die Entwicklung der alveolären Läppchen der Brustdrüse. Zum Zeitpunkt der Geburt verursacht der brüske Abfall des Östrogens im Blut die Abgabe des Prolaktins, das von der Hypophyse freigesetzt wird.

Beim Mann existiert kein Zyklus, den man mit jenem der Frau vergleichen könnte. Die Hypophyse beeinflußt die Sekretion des Testosterons, das in der Pubertät zur Ausbildung der sekundären Geschlechtsmerkmale führt und in der Folge die reguläre Entwicklung der Geschlechtsfunktion erlaubt (Potenz, Lust etc.). Das follikelstimulierende Hormon aktiviert zum Teil die Entwicklung der Samenkanälchen, aber die komplette Spermatogenese kann nicht ohne die in den interstitiellen Zellen stimulierten männlichen Hormone ablaufen. Die endgültige Differenzierung der Spermatozyten hängt vom Androgen ab.

STICHWORTVERZEICHNIS

VERZEICHNIS DER BILDTAFELN

Finito di stampare nel mese di ottobre 1995 presso Giunti Industrie Grafiche S.p.A. - Stabilimento di Prato